PEGA ELE, SILÊNCIO

PEGA ELE, SILÊNCIO

Prêmio especial no
Primeiro Concurso Nacional
de Contos do Estado
do Paraná, 1968

IGNÁCIO DE LOYOLA BRANDÃO

São Paulo
2008

global
EDITORA

© Ignácio de Loyola Brandão, 2008

1ª EDIÇÃO, EDIÇÕES BLOCH IN *OS 18 MELHORES CONTOS DO BRASIL*, 1968
2ª EDIÇÃO, EDIÇÕES SÍMBOLO, 1976
3ª EDIÇÃO, EDIÇÕES SÍMBOLO, 1976
4ª EDIÇÃO, GLOBAL EDITORA, 1984
5ª EDIÇÃO, GLOBAL EDITORA, SÃO PAULO 2008

Diretor Editorial
JEFFERSON L. ALVES

Gerente de Produção
FLÁVIO SAMUEL

Coordenação Editorial
RITA DE CÁSSIA SAM

Revisão
ANABEL LY MADUAR
LUCAS CARRASCO

Editoração Eletrônica
ANTONIO SILVIO LOPES

Capa
MAURICIO NEGRO E EDUARDO OKUNO

Dados Internacionais de Catalogação na Publicação (CIP)
(Câmara Brasileira do Livro, SP, Brasil)

Brandão, Ignácio de Loyola
 Pega ele, Silêncio : contos / Ignácio de Loyola Brandão. – 5. ed. – São Paulo : Global, 2008.

ISBN 978-85-260-1302-5

1. Contos brasileiros I. Título.

08-03786   CDD–869.93

Índices para catálogo sistemático:

1. Contos : Literatura brasileira   869.93

Direitos Reservados

**GLOBAL EDITORA E
DISTRIBUIDORA LTDA.**

Rua Pirapitingui, 111 – Liberdade
CEP 01508-020 – São Paulo – SP
Tel.: (11) 3277-7999 – Fax: (11) 3277-8141
e-mail: global@globaleditora.com.br
www.globaleditora.com.br

Colabore com a produção científica e cultural.
Proibida a reprodução total ou parcial desta obra
sem a autorização do editor.

Nº DE CATÁLOGO: **1563**

A
Jorge Andrade
Álvares Paes Leme
Luciana S. Picchio
Antonio Tabucchi.

Túmulo de vidro

Anna Maria disse:

"Se alguém me apanhasse, com muita calma, e me levasse a um apartamento tranqüilo, e me comesse com suavidade, eu conseguiria. Tenho certeza que gozaria. Acontece comigo uma coisa engraçada. Penso em câmara lenta. Quando as coisas correm demais, eu me assusto, fico apavorada, quando vejo, terminou".

Anna Maria olhou para a frente. Sentiu-se cansada. A rua começava a subir e, até o topo, eram quinhentos metros. Lá em cima estava o portão azul do clube. Azul vivo de tinta a óleo barata que a irritava. Caminhava sem pisar nos riscos de cimento que ligava as pedras. Estremeceu e jogou a cabeça para o lado direito, uma cócega se aninhava no pescoço. Passou a mão. Agora, o sol batia de frente, bem acima do portão. Vinha direto aos seus olhos, tomava seu corpo. As casas eram quase todas iguais, nos lados da rua. Fechadas, dormindo debaixo do calor. Podia ter vindo de ônibus, ou no carro do pai. Mas, àquela hora da tarde, os meninos esperavam, escondidos na esquina, antes de começar a subida. Ela andava lentamente, e eles a seguiam, aparentemente despreocupados, os maiôs debaixo do braço. O sol batia Anna Maria de frente e atravessava o vestido. E os meninos, atrás, caminhavam, olhando suas pernas, desenhadas no tecido. Na piscina, eles mergulhariam perto dela, em grupos, atrapalhando-se dentro da água, envolvendo-a e passando a mão em suas coxas, em seu peito grande. Anna Maria tinha quinze anos e morava em Marília.

Anna Maria:

"Você não viu, mas Caio passou por nós, me fez um sinal. Sei o que quer. E tenho vontade de ir. Tenho vontade demais, tanto que a comida me atravessou na garganta, perdi a fome. Não posso, Thomas, não posso mais. Agora ando calma e é Marcos quem me deixa assim, não posso fazer uma coisa dessas com ele. Tenho sido fiel, e vou ser, você pode sorrir quanto quiser. Desta vez não! Ele tem sido bom, nunca uma pessoa foi tão boa comigo. Me cuida, se interessa pelas coisas que faço, por aquilo que quero ser".

O avião flutuava mansamente e era agradável o ronco seco do motor. O teco-teco amarelinho se arrastava no céu e Anna Maria conservava o manche firme. Contente. Aquilo, fazia sozinha. Era ela, e o espaço era seu, o avião obedecia ao toque das mãos, à pressão de seus pés. A janela aberta para o vento. O pai não queria. Todavia, depois dos quinze anos as vontades do pai tinham deixado de existir. Ele falava e Anna Maria se calava; não brigava mais. Fazia. Dava-lhe prazer contrariá-lo, vê-lo gritar, avançar e ameaçar bater. O avião era seu. Mancha amarela no céu azul e sem uma única nuvem. Era como possuir o mundo. O horizonte estava longe como se não existisse. A calça rancheira apertava as coxas, nos traseiros, na cintura; justa. Anna Maria abria a blusa, deixava o sol e o vento bater nos seios. Então, corria o zíper da rancheira, e fazia-a escorregar para o chão. Nua. Fazia o avião subir, depois apontava o bico para a terra e descia ao encontro dos cafezais, formados em pontos verdes que se estendiam por quilômetros e quilômetros. Raspava o pico de morros e deixava mergulhar nas ravinas, vendo paredões de pedra úmida, escarpas cobertas de matas e pastagens verdes com manchas amarelas, pretas e brancas dos bois. Apertava o manche entre as pernas e era uma sensação estranha que a percorria, subia e ia se aninhar no baixo ventre. Um calor, o tremor, uma cócega interminável. Voava baixo e surgia Vera Cruz, vila pequena, aos seus pés. Podia tocar os telhados com a ponta os dedos, se quisesse. Passava no largo da igreja. Eles lá estavam, esperando. Olhando o avião amarelo. Um grupo que aumentava dia a dia. De homens, rapazes, meninos. As mulheres, surpreendiam-se furtivas, nos portões, nas áreas, nas janelas. Elas queriam ver, mas não tinham coragem de ir até a praça aberta, sobre a qual Anna Maria fazia o avião passar, velozmente. Uma só vez. Todos os dias. E quando subia o teco-teco outra vez, Anna Maria sentia a cócega terminar e percebia que suas coxas estavam molhadas.

Então, comunicaram ao Aeroclube e lhe tiraram o brevê aos 17 anos.

Anna Maria:

"Não diz nada! Thomas! por que não me diz nada? quieto, o olhar atravessado, esse sorrisinho bobo; como você é cretino, minha Nossa Senhora! o que quer você? Fale alguma coisa, não me deixe assim. Só eu falo! Você pensa e come. É igual aos outros, e eu julgava diferente. Não sei por que saio com você. Não sei. Não sei mais nada do que faço. Agora só me preocupo em gozar. Gozar. E nada acontece".

Caminham para os lados da igreja de Santo Antônio, guiados pelo barulho e pelos fogos. Clarins asmáticos, bumbos, pratos. Foguetes sobem, estouram, varetas descem, deixando um rastilho de brasa que logo se apaga. Anna Maria vê tudo, sentada na varanda. Varanda que toma a frente e um dos lados de sua casa. Durante o jantar, as irmãs falam e a mãe olhou o pai, cheia de vontade, mas esperando a decisão do velho. Havia na casa uma idéia nítida de quem decidia. Meia hora atrás saíram no carro, levando as empregadas. Anna Maria na varanda. O pai observou-a alguns segundos, o irmão encostou o carro, ele embarcou, o rosto contrariado. O carro fez uma curva, atravessou o portão, sumiu na rua. Faz meia hora e Anna Maria já tomou uma garrafa de vinho e sente-se suavemente bem. Pode ver, de onde está, a armação de lona e a fileira de luzes em cordão que desce do mastro principal ao chão. "Um circo é uma bobagem, mas o que se vai fazer aqui? Pensa. Ao menos, verei gente, ainda que não queira ver aquelas caras, as mesmas caras, esses meninos pegajosos." Na semana anterior, um grupo de teatro de São Paulo tinha passado pela cidade. Anna Maria esteve quatro noites no camarote da família, e, depois, reuniu-se aos artistas no Restaurante Marília. Ouviu-os. E sentiu que havia por trás deles uma coisa que não encontrava na gente da cidade. Era maior. Tão grande que eles se foram e ela ficou possuída por uma sensação de desgrudamento. Não pertencia mais àquele lugarzinho.

Levantou-se.

Diante do circo estavam pipoqueiros, vendedores de amendoim, algodão-doce, jabuticabas, batata assada, quentão. E os guardas da Força Pública parados, polegares enfiados nas tiras que sustentavam os coldres. E os rapazes do colégio. Rufaram tambores, houve agitação, gente se apressou a entrar. Anna Maria foi contornando a barraca, em direção aos vagões iluminados do fundo. E viu. O homem estava de peito nu, moreno, os cabelos lisos e brilhando de glostora. Ele curvou-se e tirou a malha preta que cobria o corpo da cintura aos pés. Virou-se e ela contemplou inteiramente. E era enorme. A cócega desceu e se aninhou entre suas pernas. O homem fechou a porta. Anna Maria correu. O formigueiro aumentava. Diante de sua casa parou. O bloco branco erguia-se no meio do terreno, parecendo um túmulo. A cócega. Passou a mão sobre ela, por cima do vestido. Coçou-se. Levantou a saia e apertou a xoxota. Então viu-o na esquina, andando apressado. Cissa. O menino mais inteligente do Clássico. Nervosinho, uns olhos verdes enormes. Quando Cissa passou à sua frente, Anna Maria chamou-o. Cissa viu que ela levantava a saia e mostrava as pernas. Ficou imóvel, engolindo duro. A menina mais bonita do colégio. O que os outros rapazes diziam era verdade. Cissa enfiou a mão no bolso, aterrado, segurou. Duro, Anna Maria tirava. A peça branca corria suave ao contato de suas mãos, rolava perna abaixo. Ela se afastou, entrou pelo portão, subiu o caminho de pedras retangulares. Cissa avançou, viu o sorriso no seu rosto. Andou mais depressa. Anna Maria atirou a pecinha branca sobre o gramado verde. Ao lado da varanda, puxou-o. Doeu muito pra Cissa. Como se tivessem arrancado a pele toda. E Anna Maria sentiu apenas um parafuso rosqueado para dentro dela, abrindo caminho a força. Desapareceu o formigamento, a cócega. Ela estava seca e sentia tudo arder. Talvez porque Cissa não soubesse fazer. Aquilo não trazia nada: Anna Maria tinha 18 anos.

Anna Maria:

"Olhe em volta e veja como me observam. Nem comem. Eles me olham e sonham ir para a cama comigo. Daqui a pouco estarão numa roda, no Jeca, na praça da República, no Juão Sebastião, dizendo: 'Que menina boa estava no Gigetto. Uma que trabalha em teatro e deve dar muito'. Eles pensam e vão para casa com essa imagem. Do que gosto, Thomas, é desse jogo. Desse engano. Dessas mentiras que prego ao mundo".

Anna Maria abre a agenda: Bernardo – 14 de fevereiro. Uma cruz. José Celso – 16 de fevereiro. Cruz. Luís – 17 de fevereiro. Cruz. Cada dia um nome. A cruz é o fim, o sepultamento. Eles percebem. Não procuram mais. Nem há mais novos para se buscar. Da varanda, ela vê o canto onde esteve com Cissa. Às vezes, ao olhá-lo, sente o formigamento. Lembra-se das tardes em que voava e tinha o manche entre as pernas. Aí sai à procura. Corre pela rua do centro e eles esperam. Aguardam o momento de serem escolhidos. Sabem, também, que logo depois irão para a caderneta, com a cruz diante do nome. Já roubaram uma agenda de Anna Maria. Um ano e meio de nomes e cruzes. No dia seguinte, as páginas amanheceram grudadas aos postes. E eles passavam e riam. Alguns vieram até ela: "Sei de um jeito novo". Outro: "Sei uma posição diferente". Um terceiro: "Comigo você conseguirá". Tentou. Voltou uma noite ao primeiro lugar. Escuridão, a casa enorme e branca como um mausoléu. Procurou, duas, três vezes. Na última, desesperada, porque a cócega estava ali, e ele não conseguia, arrancou toda a roupa e nua se atirou ao gramado, mordendo o chão, gritando, pedindo. E o rapaz fugiu. "Internamento", disse o pai. "Cadeia." As marcas do cinto ficaram em longos vergões vermelhos. E sobre seu fígado há uma cicatriz da fivela. As cruzes prosseguiam. O Clássico terminou e Anna Maria teve as melhores notas. E no grupo de teatro, ela fez sucesso. A peça se chamava *O golpe* e o diretor estava apaixonado por ela. Diante do nome do diretor, que se alternava, na agenda, cada dois dias, havia uma cruz.

Anna Maria e Thomas:

"Você estava fora, foi passar Natal com a família. Me enche essa mania de ir ver a família, por que não se desgruda?"

– Por que de repente essa raiva contra minha família? Está ficando boba?

"Bobagem mesmo, desculpe! É que eu precisava de você aqui, no Natal. Não tinha ninguém.

Todo mundo saiu de São Paulo. Um inferno!

Quase estourei dentro de casa."

– Por que não foi para Marília?

"Meu pai quer me ver, por acaso?"

– Ah, e o Marcos? Não ia te levar para São Vicente?

"Ia. Mas a família foi, não tinha onde eu ficar. Pode ser desculpa, sei lá. Estou pouco ligando. Chovia como desgraça. Não dava pra descer e comprar jornal, virei em volta dentro do apartamento umas quatrocentas vezes. Ficava na janela e olhava aquela cortina prateada a cair dia e noite. Via os prédios e as janelas iluminadas, os vidros fechados, sei que havia gente atrás, mas que engraçado, pra mim era como se estivessem mortos. Dentro de túmulos. Já reparou? Chuva é bonito em todo lugar, menos em São Paulo."

– Pra mim chuva é chuva, é uma chatice sempre.

"Olha, uma tarde eu desci, debaixo do aguaceiro. Na rua me batiam com guarda-chuva, as calçadas ermas, cheias de poças. Cidade de merda. Tinha até lama no centro, por causa das construções e dos buracos e não-sei-mais-o-quê.

Já viu isso? Era de tarde, mas estava a maior escuridão, eu só via os prédios cinzentos em volta, as luzes acesas, os carros passando e jogando água. Peguei um táxi, o chofer me xingou, o trânsito não andava. E na rua tinha cordões de luzes, papais-noéis molhados diante das casas comerciais, vitrinas cheias de luz e as casas de discos tocavam *jingle bell*. Música mais filha-da-puta, essa."

O pai:

Mas o que te deu na cabeça de ir trabalhar num banco? Nunca te faltou nada, tem até demais. Demais, eis o mal, a razão de você ser como é. Trabalhar! Uma filha minha indo trabalhar. Mas o que te deu na cabeça, menina? Quer uma surra? Uma surra enorme como nunca te dei? Uma surra de arrasar? Fosse seu avô vivo! Ah! ia ser diferente com todas as mulheres desta casa. Seu avô era um italiano de cepa. De pulso e de sangue. Minhas filhas são estranhas para mim. Mas você é a pior. Nem sei o que você é, ou o que merece, sua desgraçada. O que te falta? Dinheiro?

Você tem mais dinheiro que toda a cidade junta. Trabalhei para isso! Sua mãe só faz chorar no quarto por causa daquelas malditas amigas dela que vêm contar coisas. Proibi aquelas mulheres de entrar aqui. Eu deveria te proibir de sair. Não há moleque, rapaz, e até velho que não suspire pensando em Anna Maria. Minha filha. Os cornos desses desgraçados! Afinal, o que está acontecendo nesta casa? Quer ir embora? Fala todos os dias em ir embora para um lugar grande. Que lugar grande é esse? Quer ir? Pois vai! Arranja tua mala e vai. Mas só sai daqui casada! Não quero filha minha perdida por este mundo, pois conheço a vida e sei como é. E vai deixar o banco. Já e já. Não? Por que não? Claro que vai! Vamos ver. Pago para ver. Ahn? Ah, ah, ah, ah, ah, ah, não me faça rir. Independência! Essa é boa!

> Anna Maria:
>
> "Eu tenho sonhado com mulheres. Sonho sempre. Mas não posso experimentar! Não posso, não adianta você insistir. Se não sou uma coisa, sou outra? Mas eu tenho medo de ser outra! Não quero de repente descobrir isso. Não devo ficar me enganando? Não é engano, posso lutar contra isso! Claro que posso, não é normal! mas por que é que tem de ser normal? Porque seria terrível se não fosse! É complicado o que você diz; deixe-me pensar – se eu gostar e der certo, então será normal para mim e o que interessa é a minha normalidade e não a dos outros. Certo? Olha, não sei, não sei mais o que fazer".

Mais de uma hora parados numa estação solitária. Anna Maria olhou o marido que cochilava, a cabeça encostada à veneziana do vagão. Cissa. Detestava os óculos de aro redondo, de aço amarelo, que ele usava, desde que passara a dirigir o grupo de teatro. Dizia que lhe dava um ar intelectual. Um abominável ar intelectual. Cruzou o corredor, homens a comiam com o olhar. Desceu, caminhou pelo cascalho, alcançou uma porteira. Para lá era o campo, estendendo-se. Para trás, também o campo agora obstruído pela composição parada. A locomotiva elétrica inerte, por falta de energia. Viu Cissa levantar a veneziana, o vagão vermelho, de madeira, estalava ao sol. O rosto de Cissa desenhou-se no vidro, sem nitidez. O sol batia e refletia, a vista doía ao olhar. "Tem um ar infeliz", pensou, "e não é culpa minha. Quando se casou comigo sabia e vai saber sempre". "Eu gosto de você desde a primeira noite, quando você voltou do circo", disse ele. "Estou apaixonado e quero me casar. Não me importa nada. Só que você goste um pouco de mim, e me ajude, e a gente vai embora daqui." Era de tarde, um fim de maio, e Anna Maria pensou nas cruzes. Ele sabe da agenda; me conhece. "Eu nunca namorei ninguém e não saio por aí a apertar meninas no muro. Nem vou ao clube. Não porque não encontre alguém que faça tudo comigo, mas porque acho que as coisas devem ser bem sérias. Porque vou me arrancar daqui para algum lugar onde possa ser mais eu. Você é assim, Anna Maria. Também não quer ficar. Aquela noite, descobri que gostava de você e, quanto mais pensava, mais ia me apaixonando." Nunca cogitara, seriamente, de ir embora. Então lembrou-me das noites na pizzaria, com a gente de São Paulo. Viu-se invadida por uma ânsia. Cissa tinha fundado um grupo de teatro e fizera dela a estrela; ou o que podia ser estrela numa cidade daquele tamanho. Se ele partia e a queria junto, por que ficar? Anna Maria vê a locomotiva a vapor fazer a manobra, puxar a elétrica, colocá-la no desvio e engatar-se à frente do trem. Sentou-se no banco de palhinha ("até um trem incômodo ele resolveu tomar, só para me irritar, e nem ligou ao olhar desesperado que Cissa lançava. Fechou os olhos, sentiu que ele pegava suas mãos. O trem correu, e, súbito, ela começou a ficar contente. Ia chegando, segundo a segundo, mais perto. Dentro em pouco seria tudo diferente e com o mundo enorme em volta. Não estaria mais sozinha, nem teria tristeza, nem precisaria chorar. Às vezes chorava sobre os nomes e as cruzes. Apanhou a agenda na bolsa, foi para a plataforma. Quando o trem cruzou o Tietê, ela atirou a caderneta azul-marinho. Nem a viu afundar-se. Ao sair da Estação da Luz, Anna Maria ficou um instante esmagada. O sol ainda não caíra e prédios brilhavam. Brancos e cinzas. E as avenidas largas; e havia gente e carros, por toda parte. "Isto é uma cidade de verdade", disse, com alegria.

Anna Maria:

"Sou uma boba. Acho que igual a mim não existem duas. Três anos em São Paulo e ainda não conheço nada. Afinal, o que eu esperava? Sei lá! Ora, pra quê? Isso mesmo, pra quê? Quem quer saber de teatro nesta cidade? Anda tudo vazio. Vou fazer revista, colocar as pernas de fora. Tenho pernas lindas, você sabe disso. Fariam sucesso, vou ganhar dinheiro. Olha, não sei por que complico tanto a vida".

"Fiz bem em ter me casado com você. Nunca fui tão feliz!" Cissa segura sua mão, enquanto o bonde desce a Brigadeiro Luís Antônio. Da pensão ao teatro, demora quarenta minutos, com os pedaços que se tem de andar a pé. No centro, tudo era caro. Além do que Cissa poderia pagar. Trouxera dinheiro para uns dois meses e foi obrigado a buscar um lugar dentro do orçamento. A pensão é um sobrado e adaptaram todos os cômodos. Anna Maria não desgosta do quartinho apertado, junto ao banheiro. A maioria dos pensionistas é estudante. Faz duas semanas que chegaram e ela sabe. Na hora de tomar banho, eles entram pelo alçapão do corredor, andam pelo forro e ficam em cima do banheiro, a olhar. Depois do almoço Cissa se debruça sobre os livros e vai até às três. A pensão se acalma, o bairro é sossegado. Então, descem para o teatro. Tem dias que vão a pé. Porque ela quer. Olhando lojas, lendo placas de ruas, vendo os restos das últimas mansões que começam a desaparecer, parando diante das construções. "Até a gente vencer aqui, vai ser duro. Melhor teria sido ir para o Rio. Não sei, as coisas me parecem um pouco estranhas, a gente é esquisita, distante", disse Cissa, uma noite, ao se deitarem. "Não é nada, seu bobo, é que você estava acostumado no interior e é muito diferente. Prefiro mil vezes aqui." Ele estava animado e trabalhava como louco. Fizera contato com Arnaldo, que dirigia um grupo de teatro de esquerda, de muito sucesso. No princípio ajudou na administração. Depois Arnaldo achou que Cissa fora feito para outras coisas, passou a lhe dar os textos de publicidade, e a tradução de uma peça do francês. Estava ainda no caminho de assistente de direção. Anna Maria pensa em Arnaldo. Magro, alto, todo desajeitado de pés e mãos, malvestido e com barba sempre por fazer. "E o curioso é que nem prestei atenção nisso, por causa do seu jeito de falar e não dizer nenhuma bobagem. Não diz uma frase besta, não tem uma só expressão que não se ajuste ao fato ou pessoa." Arnaldo ganhara o Saci de melhor diretor e lutava por uma bolsa de estudos para a Europa. Jantavam todos juntos, quase sempre num restaurante popular, se estavam duros, ou iam para o Gigetto e Jução se o dinheiro andava melhor. A noite se abria para Anna Maria, que dançava e ficava horas a ouvir bossa-nova, ao lado do Arnaldo, que sempre descobria um barzinho, com um conjunto ou um cantor de acordo. Era tudo enorme e com uma certa grandiosidade – dizia para si mesmo – e era bom morar num lugar assim, onde se pode fazer o que quer e muitas coisas mais.

Anna Maria:

"Chega. Estou cheia das tuas frases. Eu quero ser boazinha. Isso pode não significar nada. Mas é minha vontade. Desde que cheguei. Com quantos saí e com quantos trepei, não interessa. E que história é essa que você me conta. Fidelidade? Claro que sim! Fidelidade a um cara de quem a gente gosta. Não. Eu não quero justificação, nem explicação. E é mentira, você vê a coisa toda torcida quando diz que eu procurava Arnaldo pra isso. Porque ele explicava cada gesto, cada frase, cada vez que eu me deitava com alguém".

Acenou para a janela. "Marilda!" De lá veio o sinal com a mão: me espere. Anna Maria encostou-se ao poste amarelo da DST, ficou comendo a unha. Por trás da janela aberta, a garota ia e voltava com gesto de quem se arruma. O vulto do homem passou. Ela foi uma vez ainda à janela e fez com o dedo: um minutinho. Sorridente. O Hotel Marrocos é uma casa velha, espremida entre prédios novíssimos. Todo em tijolinhos vermelhos, com uma escada em S quadrado e um toldo listrado. Marilda desceu aos pulinhos, o homem vinha atrás, um quarentão que entrou num Karmann Ghia.

19

– Oi, benzoca, tá boazinha?

– Meu amorzinho! – disse Anna Maria, dando três beijos.

– Esperou muito?

– Nem dez minutos.

– Bonzinho aquele homem. De vez em quando me procura. Me dá muito dinheiro.

– Por que não arranja um assim pra mim?

– Você não é disso, benzoca. E o teatro?

– Vai indo.

Deu três pancadinhas no balcão. Conhecera Marilda no teatro, durante os laboratórios que Arnaldo fez para os ensaios. Anna Maria tinha entrado no meio e lá estava a menina dos cabelos castanhos e o dentinho meio para fora. Cissa lhe explicara o que era laboratório, uma cena desenvolvida pelos atores, livremente, com base em alguns dados, a fim de buscar elementos na criação do personagem.

Cissa dirigia os laboratórios e Anna Maria se surpreendera de vê-lo seguro, com tanta confiança. Nada do Cissa enfiado para dentro que conhecera em Marília, com os óculos de aro redondo. Até os óculos foram trocados por uns enormes, de aros pretos, e quadrados. Ele trabalhava com Arnaldo e todo mundo se admirava como Arnaldo, reservado e estranho em relação às pessoas, e mesmo desconfiado, se dera bem com Cissa. Este, um dia, pedira a Anna Maria: "Não me chame mais de Cissa. Use meu nome. Pode ser?". Ela concordara, tanto fazia.

A menina, no palco, vivia uma prostituta. Anna Maria quase chorou, pouco antes de terminar. Acenderam luzes, Cissa trouxe-a para a platéia: "Te apresento Marilda".

– Prazer! – disse Anna Maria. – Puxa, como você faz bem esse troço!

– Ora, fiz o que sou, não tem problema!

– Ah! Que bom! Eu gostava de fazer alguma coisa tão bem.

– Marilda sorriu e os dentinhos ficaram brilhando. Tinha uma cara de gatinho simpático.

– Você como chama mesmo? Nunca entendo nomes em apresentação.

– Anna Maria.

– Gostei de você. Não fez cara nenhuma quando eu disse o que eu era!

– E por que havia de fazer?

– Porque todo mundo faz. Acho engraçado olhar as caras que eles fazem. Os homens se abrem logo.

Ficaram amigas e Marilda estava sempre no teatro. Foi quem convenceu Arnaldo (apesar da oposição de Cissa – coisa que Anna nunca entendeu) a colocar Anna Maria na peça. "Se você dirigir essa benzoca, ela fica legalzinha. É bonita pra burro." Arnaldo tentou e ficou surpreso, mais tarde, com a reação do público, e dos jornais. Na estréia, Marilda levou Thomas: "Este aqui é que me lançou. Meio doido! Não vai na conversa não! É repórter e quer papar tudo que é mulher de teatro. Mas é bonzinho e eu trouxe ele para fazer uma reportagem contigo, benzoca. Disse que você era boazuda, ele veio logo. Além disso, é muito amigo do Arnaldo". Era um tipo meio gordo, de olhos azuis opacos. Ao ver aqueles olhos, Anna Maria sentiu-se ligeiramente mal; teve a impressão de que teria que escolher muito as palavras e não dizer bobagem. "Seria ele uma cruz a mais, se eu tivesse o caderninho?", pensou. Desde que os ensaios tinham começado, três meses atrás, não tinha pensado uma só vez naquilo. Esquecera. Estava sempre cansada, seus horários não coincidiam com os de Cissa. Nos primeiros dias de teatro, deixara Arnaldo dar em cima, beijara-o. Subitamente, quando ela estava disposta, e querendo ir para a cama, ele se desinteressou e se afastou. Sem explicações. "Está em mim, ou nele?", cogitava ao vê-lo. Agora, ali estava Thomas e a cócega começava, lá embaixo. "Thomas. Por que esse nome? Minha mãe era católica, nasci no dia de São Tomás de Aquino." Saíram muitas vezes os três. Marilda parecia ter um apego enorme a Thomas, falava dele com entusiasmo, estava constantemente a lembrar uma viagem, uma reportagem, uma mulher bonita que ele tinha conquistado. "Esse cara quer te comer. E só vai publicar a reportagem se você der pra ele", disse Cissa, ao saber que Thomas dava em cima. "Não, ele gosta de mim, sei que gosta." "Você tinha se acalmado, estava tranqüila. Será que vai começar de novo? Essa Marilda te faz mal. Pára de sair com ela! Depois, você entra numa roda que não acaba mais." "Olha, não se intrometa na minha vida. Me deixa assim como estou, tá bom?" Antes da reportagem sair, dormiu com Thomas. "Nova cruz; vou passar a vida inteira fazendo cruzes?" Quando tirou a roupa diante dele, chorou. Pela primeira vez. "Vou falar com Marilda. Ela sabe bem estas coisas."

– Mas ele é bom. Não entendo. Não sei o que aconteceu. Tenta de novo.

– Não tento. Não adianta. Eu quase sei o que é.

Mas não descubro.

— Precisa saber. E saber logo, senão tua vida acaba.

— E você, Marilda? O que sente? É bom mesmo? Ou todo mundo inventa, diz que gosta e no fim é igual, ninguém tem prazer nenhum?

— Tem! Se tem! Eu tenho. Quando vou para a cama, é como se tivesse no caminho do céu.

— Ah! E eu, por que não?

— Vai ver que os homens que você pega, benzoca, são mixuruquinhas.

— Thomas não é mixuruquinha!

É. Thomas não é.

A partir daí descobriu duas coisas: fazer teatro e conhecer pessoas. Esqueceu que Arnaldo recuara e deixou de procurar a razão disso; ele era importante pelo que estava fazendo. Uma segunda peça: ela no papel principal. Thomas cuidava de colocá-la em jornais e revistas. Em seis meses, todo mundo a conhecia. Seu nome e fotografia saíam, por qualquer motivo. A outra coisa era conhecer pessoas. A forma como se engrenava. Um apresentava ao outro; ao terceiro; ela conhecia centenas de pessoas; e, entre estas, a maioria não se conhecia; apenas se interligavam através dela. E conhecer, pensava, é curioso; é somente saber o nome, o jeito, algumas maneiras de dizer as frases, o gosto disto e daquilo, uma e outra reação. Fica tudo sem ir ao fundo, sempre na borda. E eu não queria isso, mas também não adianta não querer, o que os outros nos dão é muito pouco. Ali estava Cissa. O que sabia dele? Nada, ou quase nada. E agora menos ainda, a não ser aquele ciúme que a cercava. O ciúme era recente. Vinha dos primeiros ensaios da nova peça, quando ele viu o interesse e a dedicação de Arnaldo na construção do personagem; na amizade dos dois. Também quando *Manchete* publicou sua fotografia. Cresceu mais quando Thomas prosseguiu ligado a ela por uma confortante amizade; "isso, confortante, porque posso ir a ele e dizer tudo". Cissa dissera: "Quando ele não conseguir nada, ou no momento em que conseguir, vai se afastar e você nunca mais o verá". Tinha errado. Estava errando uma atrás da outra, ultimamente. Mesmo no teatro. Arnaldo recusara os artigos que ele escrevera para o programa e refizera a tradução de um ensaio sobre Brecht que o elenco devia estudar. E Cissa, desde que chegara, há dois anos, estudava Brecht sem parar. Do grupo, era o que mais sabia a respeito da obra e vida de Bertolt.

Anna Maria:

"Ele se esforça, meu Deus, como Marcos se esforça. Então finjo. Já cheguei a gritar. Deu certo, uma vez, eu estava com o Caio e gritei. Antes eu não falava nada. Ficava deitada, muda, deixando que eles me enchessem o corpo, entrassem em mim. Não fazia diferença, era igual sempre e sempre, por que havia uma mulher de ter necessidade disso? E por que eu tinha tanta? E não servia para nada. A não ser para trazer os homens para meu lado. Gostava deles, gosto, gosto de ver os peitos nus, os músculos quando eles são magros, gosto da falta de barriga, tudo achatado como se fosse uma placa de mármore. Sempre tive curiosidade para ver homem".

"Teria sido melhor se ele não tivesse permanecido o tempo todo no canto. Não estava apenas me olhando, ou assistindo.

Estava ali para me julgar. E o sorriso de ironia enquanto a peça durou. Se o último ato fosse mais longo eu estourava. Vou ver se Arnaldo concorda em proibir sua entrada no teatro. Acho que não, já foi terrível o que aconteceu, Cissa anda arrasado. E Arnaldo vai evitar o encontro. Cissa procurou, procurou. Também é culpa dele mesmo, podia ter compreendido que o teatro precisava reduzir o pessoal, e os antigos tinham preferência para ficar. Uma crise e todo mundo espera que esta comédia renda para pagar dívidas. Mas Cissa não queria saber, disse que era melhor deixar o teatro por alguns tempos, o grupo não podia vencer assim. Foi quando Arnaldo mostrou os livros, os zeros que a companhia tinha em caixa. O pior é que, de repente, descobriram que Cissa não fazia muita coisa, era o mais dispensável. Na hora em que disseram a ele, ficou verde, como se tivesse levado um choque. E veio a mim: "Faça alguma coisa, você se dá bem com o Arnaldo, faça qualquer coisa, sabe como é importante eu ficar aqui! É injusto o que estão fazendo, e também é justo, mas é chato, tremendamente chato. Vai, Anna Maria, fale com Arnaldo, afinal vocês andam gamados um pelo outro...".

– Como você não presta, Cissa. O que aconteceu contigo? Nunca foi assim. Que história é essa de Arnaldo?

– História coisa nenhuma. Todo mundo sabe! Todo mundo!

– Puxa, que este teatro é mesmo podre! Podre de tudo! Não existe nada. Nadinha entre nós dois.

– E por que essa proteção toda? Por que Arnaldo escolhe tudo em função de você? Por que te ensaia dez horas por dia? Por nada? Essa não!

– Até você, Cissa! Que me conhece!

– Exato. Eu que te conheço. Por isso.

– Por isso o quê?

– Porque você é uma puta!

– Hã?

– Puta com P grande! As outras meninas tinham razão. Outro dia eu vi a briga lá embaixo. Ouvi e ia me meter quando chegou Arnaldo. Elas tinham razão em tudo, tudo, tudo. Mas eu não posso falar nada, nada. Eu é que te trouxe para cá, que fiz todo o endeusamento pro Arnaldo! Agora é meter o rabo entre as pernas! Te deixar com o teu diretor, teus jornalistas, tua roda de fofocas!

"A verdade é que o teatro estava sendo tudo para Cissa. Descobrira uma coisa e estava empenhado nela. Era algo palpável dentro de sua vida, deixara de existir o sonho vago do menino de Marília. Eu via, na sua vontade, nos dias e noites passados sobre os livros, o texto da peça, estudando, nas conversas e nas discussões que Arnaldo – uma espécie de pai de todos nós – promovia. Era o esforço desesperado de vencer, e se mostrar, e caminhar. Andava alegre e pronto para enfrentar a vida. Súbito, esborrachou. Não há pior coisa que um cara rastejando, sem precisar. Foi quando Cissa caiu dentro de mim e resolvi abandoná-lo. Nessa altura, existia pouca coisa. Desde que me liguei a Thomas, Cissa recuou. E eu o amava. Era louca por ele e o procurava. Ele se afastava. Cinco meses sem fazer amor, sem me tocar. Estava me castigando, mas se castigava; sem saber. Porque me queria – eu sei, sempre foi alucinado por mim –, me queria com tal força que eu sentia o desejo dele, e as coisas se remoendo dentro de seu corpo para me evitar. Mudei de casa. Deixei-o sozinho no apartamento. Agora ele vem todas as noites assistir à comédia. Todo mundo diz que estou ótima. A crítica do *Estadão* me colocou nas alturas, tive página inteira na *Última Hora*, o *Diário* tem foto minha sempre, o suplemento feminino da *Folha* não passa semana sem me entrevistar. Ele vê. Todas as noites percebe que escapei de suas mãos. E estou subindo; subindo; e não vou parar nunca. Vou ser bacana e feliz!"

Anna Maria:
"Você não sabe como eu sou. Pretende saber. Finge. Vive numa formidável representação. Você fica aí e gosta que eu te conte detalhes de como foi. Com quem foi. As manias de cada um. Você gosta de ouvir, principalmente se for gente que conhece. E a lista é longa, enorme, e ainda vai ter muito nome acrescentado. Eu esperava que você me ajudasse. Mas seu interesse é nenhum. Fica aí sentado como um coletor IBM buscando dados matemáticos. Quer saber coisas. Deles todos e de cada um. Caio, por exemplo. Ou Marcos. Arnaldo? O que te rói é querer saber se dormimos juntos. Os caprichos, os requintes, as diferenças de um para outro. Isso é o que você espera que eu conte".

Cissa pensa: As ruas se juntam. Se abrem e se lançam para todas as direções; ruas negras, cinzas, apertadas entre edifícios, coalhadas de gente; homens-formigas, homens-robôs, maquininhas que correm e são engolidas pela boca dos edifícios, sobem pelos elevadores-esôfagos; sentam-se em escritórios no vigésimo, trigésimo, décimo oitavo andar; acima de todos os homens, abaixo de Deus somente – Deus paulista; homens fazendo São Paulo fazer dinheiro; giram a máquina e vão fazendo farinha de italianos, turcos, portugueses, franceses, baianos, pernambucanos, gaúchos, rio-grandenses, paraibanos, lituanos, russos, chilenos, japoneses, chineses; farinha-pó-homens; homens de pasta, de chapéu, de calça puída, camisa de colarinho preto da fumaça, homens cansados, homens que andam, homens que descem de impalas, mercedes, homens com chofer, homens-chofer, homens de café apressado na esquina, de pizza-brotinho, quibe lanche, almoço a jato. E mulheres de amor-cinco-minutos; mulheres-caixas-bancárias-comerciárias-recepcionistas-operárias-telefonistas-mocinhas de "café self-service" entrando e saindo de escritórios, dando os copinhos de papel. O centro da cidade gira sobre si mesmo infernalmente; ônibus, táxis, carros, caminhões, asfalto, sinais verde-amarelo-vermelho piscando-piscando, trânsito congestionado; um esgoto, imenso, sorvendo, chupando, atraindo, as águas correndo nesta boca, e na boca a farinha-homem; águas fedidas; todo mundo sujo; ninguém vê. Cada homem é uma caixa registradora e dinheiro entra, dinheiro sai; o maior orçamento da nação; setenta por cento da arrecadação nacional; e as notas de mil e cinco mil têm sangue, suor e bosta e fedem nos bancos, nos trezentos mil bancos da economia popular. Você morre e te cobrem de notas; e nenhuma é sua; é como a bandeira nacional nos grandes funerais: homenagem, símbolo. Cissa almoça ao lado de Anna Maria. O ravióli tem gosto de guardanapo e o molho à bolonhesa sabe a conserva em lata. O balcão em forma de ferradura está inteiramente tomado. Comem rapidamente. E atrás deles, em pé, têm outros esperando a vez para as banquetas onde as bundas mal descansam. Telefonara, marcando o encontro, ela concordou, depois de seis meses de recusas. Precisava de Anna Maria. Desde que se separaram, não teve mulher, não dormiu com ninguém.

Anna Maria:

"Fidelidade, claro, não por moral, simplesmente por causa de mim mesma. Eu não quero me sentir prostituta. E sinto que sou. Mas não sou. Eles pensam isso. Eu durmo cada dia imaginando o que dizem e julgam de mim. Não é uma questão de trair Marcos. Ele não me trai, me garantiu, desde que começou comigo, não foi mais com nenhuma mulher. Então, pelo menos uma vez na vida preciso devolver a alguém o que esse alguém faz de bom para mim".

– Eu disse que não adiantava tentar, não vou voltar para você. Nunca mais. Acabou. Acabou de uma vez. E chega de telefonar, de me procurar no teatro, de mandar recados.

– E amigos, podemos ser? Ao menos amigos? Não quero ficar sem te ver, sem conversar com você.

– Bem, amigo pode.

Caminham pela rua, depois de terem almoçado no Giovanni. Cissa volta ao escritório, onde trabalha há seis meses. Representações de máquina de costura. Desde que deixou o teatro e o grupo foi procurar emprego na empresa. Mas nem seus amigos conseguiram, porque era tempo de reestruturação e os jornais estavam despedindo, em lugar de admitir. Deixou seu nome nas redações, em todas as listas de revisões. Tentou, em seguida, abrir uma agência de promoção do pessoal de teatro e cinema. Ele se encarregaria de colocar os nomes dos contratados umas tantas vezes, por mês, em toda a imprensa. Todavia, era tão pouco o que o pessoal podia pagar que desistiu para não morrer de fome. Com o *Diário Popular* na mão, procurou emprego e foi cair na representação de máquina de costura. "É provisório", disse, "fico algumas semanas e arranjo outra coisa." O provisório dura 180 dias e Cissa está se acostumando, acha que vai indo bem, nunca pensou que pudesse ter talento para a burocracia. Pararam diante de um prédio velho; de dentro vinha um cheiro de mofo; o hálito podre da cidade. Anna Maria estremeceu e sacudia a cabeça para o lado direito; uma comichão no pescoço.

– Quando a gente se vê?

– Olha, eu não vou trabalhar hoje. Queria conversar com você.

– Se é para voltar, desista.

– O que há contigo?

– Nada. Não há nada. Por quê?

– Sei lá. Não liga para mim.

– É que terminou, meu caro. Ponha na cabeça isto. Fim. *The End*. Não me venha dizer que não sabia que ia acontecer uma hora!

– Não esperava. Pensava que você mudasse, melhorasse. Quando chegamos, foi ótimo, não foi?

– Ótimo? Naquela merda de pensão? Foi ótimo porque eu achava São Paulo bacana e começava a descobrir a cidade. Agora... agora tudo é uma bosta.

– Não dá mais jeito de a gente voltar, então? É uma decisão?

– Claro que é. Até gosto de outro.

– Gosta dele?

– Tanto quanto gostei dos outros.

– Que pena!

Cissa virou-se. Em direção à rua, ao trânsito confuso de duas horas da tarde. Quando o ônibus surgiu, ele se atirou. Tão rápido que pouca gente percebeu. O motorista brecou e o homem rolou sob as ferragens. O ônibus parou uns metros depois. Ajuntou gente. Os automóveis pararam; em alguns minutos a rua se congestionava. Correndo entre os carros, Anna Maria sentiu. Era isso que Cissa tinha visto. A muralha de aço inoxidável, sobre rodas, e as faces por trás dos vidros; rostos meramente curiosos. Os ônibus e carros alinhados e as expressões vagas, uniformes, a ausência de olhos. O sol se refletia nos pára-brisas e carroçarias prateadas. Olhou o corpo esmigalhado. As buzinas começaram. Uma e duas, vinte, centenas. Chegaram guardas. Alguém disse que era melhor colocar o corpo na ilha, para não atrapalhar o tráfego. Um popular pegou pelas pernas, o sapato caiu, o pé era uma pasta ensangüentada. Veio outro, pegou pelos braços, puxaram para a ilha. A massa de carros arrancou, em poucos minutos o sangue escorrido tinha se grudado aos pneus e se fora. E o trânsito normalizou.

Anna Maria:

"E não fale uma palavra mais sobre Marilda, porque ela é a coisa mais pura que existe no mundo. Eu amo Marilda. Inteirinha. Ela é sadia por dentro e por fora. Não é e nunca foi puta. Puta é uma palavra sem sentido. Marilda gosta das coisas bonitas. Se um homem é bonito, ela vai com ele; se uma mulher é linda, ela vai. Não vê diferença entre o belo masculino e feminino. Existe um só. Tem razão, ela".

Nunca tinha idéia do que Arnaldo pensava dela. Era frio e

distante, ocupado com os ensaios e dezenas de livros. Ele se admirou quando soube que Anna Maria conhecia italiano. Juntos, naquele tempo, leram textos, artigos, novelas, peças. Foram dias gostosos, lado a lado, tranqüilos como naquelas tardes em que fazia o avião flutuar no espaço azul. Arnaldo jamais a tocou. Às vezes, no carro, ou quando iam do seu apartamento para o teatro, ela se encostava, pegava sua mão. Arnaldo se retraía. No começo, ela julgou que fosse pederasta, depois viu que não. Há muito tempo ele mantinha relação com uma garota, filha de americanos, que sonhava escrever romances e vivia encerrada no apartamento, trabalhando, como ela dizia. E ali estava a garota, na festa, e Arnaldo não ligava para mais ninguém e Anna Maria, nessa noite, a última que teria Arnaldo perto, pois no dia seguinte ele ia embarcar para a Europa, nessa noite tinha que ser possuída, para tirar de dentro dela aquele gosto amargo de coisa inalcançada. Dançavam *hully-gully* e ele estava sentado no chão junto à arca dentro da qual estava a vitrola. Anna Maria ficara na fila da frente de dançarinos. E, ao mudar o passo, fazia o vestido subir, deixava-o ver suas pernas, enquanto a cócega corria pela sua pele. A americaninha percebeu, puxou Arnaldo, eles foram para outro canto, ao lado de Boal, ficaram falando de teatro. E então Anna Maria viu Thomas. Não queria Thomas, era difícil voltar, depois que experimentava; ele insistia; sabia o que ia por dentro dele naquele momento, por isso dançou de novo, vendo o seu olhar parado nas pernas, subindo, se aninhando no ponto. "Assim que Arnaldo for embora, vou ficar na fossa, muito tempo na fossa. Estarei solta, inteira em disponibilidade. Disponibilidade para ninguém. E para todo mundo. Avançarão e depois estarei solta outra vez. Num sobe e desce. É isso que Arnaldo evitava; ele me dava segurança; Thomas também me deu um pouco.

Acho que estou apaixonada pelos dois e não estou por nenhum. Antes era bem mais fácil, tinha menos gente e todos se tocavam mais longamente."

Anna Maria:

"É injusto. Mais que isso, é mau e não quero mais te ver. Eu gosto das coisas bonitas. E o amor é bonito. Por isso tenho de fazê-lo. Mesmo que eu não sinta nada, é um dever que tenho dentro de mim fazê-lo. Uma obrigação para com a beleza que existe no mundo. Olhe para mim, Thomas. Você mesmo disse, quantas vezes: nunca vi corpo tão bonito, pernas tão longas e macias. Para quê? Me dá vontade de chorar quando olho para mim, para toda esta estrutura de ossos e carnes, para esta formação formidável de mulher que não consegue gozar. E que – eu acho – não dá prazer a ninguém. Um corpo inútil, um belo vazio, sem utilidade".

Há dois meses Anna Maria sai com Mundo-Cão. Marilda exclamara: "Ele bebe, joga, se enche de bolinhas e ainda não sabe bem se gosta de mulher ou de homem. Além disso, gosta de bater". Cláudio era seu nome. Mundo-Cão vinha do costume de não tomar banho, andar sempre de qualquer jeito, conservar durante meses a mesma roupa, ter os sapatos tortos. E, quando brigava, soltava gritos que pareciam latidos. Mundo-Cão gozava todo mundo e achava que não existia nada sério. Fazia ponto no Redondo, na mesma mesa junto a uma das colunas, e tinha em volta de si, todas as noites, um batalhão. Ele comandara um manisfesto de novíssimos em poesia e se orgulhava de ter sido o primeiro cara a pisar no JUão Sebastião Bar. Tinha uma cicatriz no pescoço, por causa do copo partido que Gilda Maçaneta – porque todo mundo punha a mão – lhe enfiara na cara, mas ele se desviara. Estava constantemente apaixonado e não deixava ninguém intacto. Anna Maria gostava dele. Ficava a seu lado, de bar em bar, tomava bolinha com Coca-Cola e saía da órbita, feliz. "É exatamente como naquelas tardes em que o avião decolava e eu ficava no azul e não havia nada no mundo que me perturbasse, todo o resto estava abaixo, tão abaixo como se não existisse. Mas, então, Cissa estava vivo, o mundo inteiro estava vivo, até mesmo eu." Todas as noites circulavam do Djalma para o Zunzum, e do Ela ao JUão e dançavam. Mundo-Cão terminava por levar um grupo de gente para o apartamento, e a noite continuava pela manhã, vinha a tarde e um cansaço nas costas, na cabeça que pesava, e Anna Maria se arrastava pela sala, no meio daquela gente nua que dormia enrolada, abraçada, alguns ainda penetrados porque tinham se apagado no meio.

— Pára com isso! Você ficou louca: Mundo-Cão vai te arrasar.

— Que nada! Mundo-Cão me ajuda. É a única pessoa que fica comigo, não pergunta nada, não fica com essa frescura de consolo.

— Besteira tua, benzoca! Uma hora todo mundo vai entrar bem nesse grupo.

— E daí? Quem é que está pedindo conselhos?

— Você pode falar assim comigo! Mais ninguém. Olha, sua boba, Thomas te arranjou um negócio bom. Uma novela na televisão. Pagam os tubos.

Marilda passa a colher na água quente, antes de

derramar açúcar no café. Faz tudo higienicamente, por hábito. Anna Maria emagreceu e tem olheiras quase negras e o sorriso é murcho.

– Que bom que os samaritanos estão soltos no mundo! Muito obrigada!

– Olha, menina. Você não me conhece. Não tenho interesse nenhum em ajudar o mundo. Em ajudar ninguém. Não movo uma palha por qualquer pessoa. Ninguém move por mim. Quando tenho fome, sou obrigada a abrir as pernas prum homem nojento. Só faço isso quando tenho fome. E faço, porque não tenho mais chance, sabe. É... Acho que não tenho. Mas você, não! Você é mais puta do que eu, porque tem tudo e vai perder tudo.

Anna Maria bateu palmas.

– Que beleza de discussão! O Sermão do Bar. Vai falando, enquanto tomo uma bolinha para me animar.

– Então, me dá uma também. Que estou meio na fossa.

– Ué? E o sermão?

– Esquece. Não vale a pena. Acho que no fundo você é como eu. Faz o que quer. Se for assim, tá bom. Eu sei o que estou fazendo e não culpo ninguém, se dá certo ou não. Depois, não adianta culpar. Todo mundo está cagando solenemente.

– Sabe? Isso da novela meio me interessa. Com quem falo?

– Telefona ao Thomas.

– Esse é um chato, descobri!

– Chato, nada. Bonzinho.

– Chato Bonzinho! Por isso é que gosto do Mundo-Cão. Não

quer agradar ninguém. Tudo que acontece em volta dele não tem a mínima importância. Não quer salvar o mundo, não gosta de ninguém, não odeia ninguém, não quer fazer nada na vida. Cada dia é um dia.

— Bacana o Mundo-Cão.

— É... vai ver que é... não, não é, não...

— Ah! Vá. Vê lá se vou pensar agora em Mundo-Cão. É um bestinha que faz tudo aquilo pra papar as meninas.

— É... um bestinha.

— Você vai procurar Thomas?

— Vou. Uma hora dessas. Pode deixar.

Anna Maria:

"Por que é que você me diz isso? Pra quê? o que tem que Marcos desse em cima da manequim boazuda na casa do Fernando? E se na casa do Johnny no dia de Natal ele estava tão interessado em Márcia é porque devia estar precisando. Tudo isso não tem nada com fidelidade ou infidelidade, eu não entro fácil, não! nem levo a sério suas provocações".

"Estão matando preto lá fora." O guardador de carros entrou pelo Gigetto, o olho saltando da cara. O pessoal se precipitou, ouvindo os tiros. Se aglomerou à porta, ninguém querendo ser o primeiro a sair. Duas horas da madrugada, o restaurante se esvaziara da clientela de sábado, da gente que ia ver artista e dizer, na segunda-feira, que jantara no Gigetto. Mulheres rosadas, meninas de família, homens gordos em ternos azuis e cinza, velhotas assanhadas que reconheciam todos, de tanto ver televisão. Os tiros pararam. Anna Maria estava sendo puxada por Caio, diretor de telenovelas, tipo magro e alto, com um riso amarelo e cínico. "Vem ver o povo sofrer. É um bom espetáculo esse: os homens da lei em ação." Anna tropeçava, estava meio bêbada e com um sono enorme, mas era muito cedo para dormir. E nessa noite pretendia ir para a cama com alguém. Caio servia. Dos últimos, tinha sido o melhor. Ele mesmo se proclamava um dos dez superiores na cama, em toda a classe teatral. Existia uma lista, ela sabia todos os nomes, o primeiro era um ator do Rio: os que melhor sabiam fazer amor. Quando ele contara, ela morreu de rir. "E quem organizou essa lista?" "Nós mesmos." "Na base do quê?" "Na base de informações colhidas junto às mulheres e com nossos próprios dados." "E pra quê?" "Pra gente é útil. Por exemplo, você sabe a lista. Vai contar pra outra. E essa outra vai ficar curiosa." "E como sabe que eu não conto também sua jogada?" "Bem, é uma questão de confiança em você. No máximo dirá o que sou e como faço a coisa." "Tem certeza? E se você não for tão bom como proclama?" "Mas eu sou! Faço tudo com requinte. Faço com a cabeça." "Preferia que fizesse com outra coisa." Caio: meia cruz. Estava tudo na cabeça de Anna Maria. Deitada de lado, vendo-o na função, aplicando seu método, ela começou a sentir que alguma coisa ia estourar dentro dela; embaixo; crescia e era bom. "Os índios fazem amor de lado. Ele usa o manual." Estourou e ela não teve sensação nenhuma. "O tempo todo eu soube que ele estava praticando uma teoria e não consegui me entregar." Caio estava no caminho, com os seus recursos. Luz vermelha, um dia. No outro, uma longa preparação; tão longa que chegara a ser exasperante e a fizera pedir, suplicar que ele a cobrisse. No quarto, muitas vezes, Caio nada dizia, nada fazia. Ficava apenas a olhar, e a dizer pornografias, contar histórias. Anna Maria se sentira excitada assim. "Sai pra lá, moça, se não quiser apanhar. Olha os negros, todos

37

safados." Um guarda, mocinho de tudo – foi o que ela reparou –, deu-lhe tamanho empurrão que Anna teve que se segurar à grade do pátio, para não cair. Era a maior confusão, os negros e negras a correr, uns entrando no restaurante, outros disparando, pulando o muro do Canal 9. Os guardas batiam. A criança saltou do colo de uma velha, e foi de cabeça ao chão; quando a mulher se abaixou, o guarda desceu-lhe o bastão, ela rolou sobre o corpo. Anna Maria gritou, Caio prendeu-a pelo braço. "Escola de samba, seu negro! Ensaio de escola de samba vocês vão fazer na detenção. Pensa que isto é Rio de Janeiro? Quer ensaiar escola de samba, vai pro morro! Aqui, não tem conversa, o pau come." O guarda levara o preto para dentro da perua, uma caixa de repique estava caída junto ao meio-fio. "É a segunda vez que acontece. Outro dia foi em frente ao teatro e também com tiros e pauladas. O que há? Não pode escola de samba? Não se pode divertir?" Voltaram para dentro, quando nenhum negro se encontrava à vista, e as RPs tinham se arrancado. O pessoal retornara às mesas, recomeçara a comer. "E ninguém vai fazer nada?" "Fazer o quê, menina? Deixa pra lá." "Vou procurar Thomas, ele dá uma notícia no jornal." "Procura amanhã." "Essa não! Que gente são vocês?" "Sai! Essa polícia é do governo que está aí e esse governo você sabe qual é! Soldado é pra isso mesmo!" Ela ficou calada, pediu filé ao molho americano, polenta frita. Caio bebia vinho e cachimbava, ninguém mais falou no assunto. Subitamente, Anna Maria sentiu uma tristeza enorme. Veio a comida, beliscou a polenta, comeu dois pedaços de filé, empurrou o prato. Pediu uísque, só com gelo. Uma hora depois, Caio e Mundo-Cão, que aparecera no restaurante, foram levá-la para casa, semidesmaiada. Mundo-Cão ficou no apartamento para qualquer ajuda. E também porque não tinha onde dormir.

Anna Maria acordou sem dor de cabeça, sem mal-estar, apenas com muita fome. No banheiro, Mundo-Cão tentava fazer a barba com seu aparelho de raspar perna. "Vai ao barbeiro que é melhor. Eu te dou dinheiro." Ele pegou mil cruzeiros e saiu. Chovia outra vez. "Não vou à televisão. Não agüento. Vou é embora. Pra onde?" Lembrou-se que era domingo. "Desgraçado de Mundo-Cão, levou meu dinheiro. E ninguém aparece, se eu quiser falar com uma pessoa preciso correr atrás. Thomas desapareceu há uma semana. Talvez eu deva aceitar o convite de Marcos para sair, ele vai fazer uma fita, pode ser que me coloque, é uma experiência nova pra mim." Marcos surgira trazido por Arnaldo, há muito tempo, depois deixara de circular e voltara com um roteiro de cinema e dinheiro na mão. Tinha trinta e dois anos, uma cara quadrada e um estranho problema: era só entrar no bar do Museu, ou no Aquela Rosa Amarela, que tomava um porre total. Só nesses lugares; nos outros resistia. Marcos – diziam – sonhava e se preparava para dirigir sua fita desde os dezoito anos. Nunca parara, chegara a fazer economias, para ver se, entrando com uma parte, achava o resto. No entanto, depois de catorze anos, suas economias não tinham chegado a um milhão. Quando a turma do Rio começava o movimento de cinema novo, Marcos emigrara, xingando São Paulo, onde ninguém se mexia. Trabalhou com Rui Guerra, com Nelson Pereira, se apaixonou pela Nara Leão e voltou. Voltou porque queria fazer uma grande fita sobre São Paulo. "Dele eu gosto", pensava Anna Maria, "não mais, nem menos, que dos outros. Quero descobrir seu corpo, ouvir o que ele dirá, sentir a pele da mão, o lábio. E sou apenas uma curiosa".

Anna Maria:

"As coisas que Marcos me faz. Somente Arnaldo antes fez, ou Cissa. É uma sensação como nunca existiu outra no mundo, estar rodeada por uma pessoa que te quer bem, procura fazer de você alguém, se preocupa com você. Marcos fica em casa, com o *script* da novela na mão, e estuda comigo cada diálogo, e vai ao estúdio. Não fosse ele, eu não faria a novela, é ruim demais. Pagam demais também para se recusar, sorte que Arnaldo foi embora, não está vendo como eu afundo. Por que estou seca lá embaixo; seca e dura como pedra?".

Marilda protege os olhos com a mão. O sol desce chapado e atravessa a roupa. O povo sobe no ônibus. Elas passam pela borboleta, não há lugar vago. "Mais à frente, por favor", grita o cobrador, com voz pausada. É um homem mirrado, barbudo, a farda amarela puída, o boné sujo atirado para trás, na cabeça. Elas ficam atrás do motorista, agarradas aos varões, enquanto o ônibus sacoleja pela rua da Consolação, descendo a Rebouças, depois. Anna Maria tira os óculos escuros, joga a cabeça para o lado direito.

— Que idéia a sua! Também, se não for bacana mesmo, você vai ver!

— É. Vai por mim. Agüenta a mão, que é.

A tarde corre tranqüila, com pouco movimento, o ônibus cruza a ponte sobre o Pinheiros.

— Tenho vontade de voltar! Daqui mesmo!

— O que é isso? Agora vamos em frente.

— Está tudo tão chato.

– E é o dia. Besteira ficar em São Paulo, no sábado.

– Também, não dá para sair todas as semanas, não? A menos que se tenha uma turma boa.

– Agora, já ficamos, não adianta reclamar.

– Preferia ter ido ao cinema.

– Com esse calor? Eu não!

– Olha, Marilda, acho que é bobagem tudo o que você está fazendo. Não precisa ficar correndo atrás de mim. Eu acabo voltando pra minha terra. Isso já encheu.

– Encheu porque você tem ficado sozinha, menina. Também, porque você não está fazendo nada. Devia ter pego aquela novela na televisão.

– Eu fui! Você não imagina como era vagabunda. Eu não podia aceitar aquilo. Não depois do que fiz, do esforço que Arnaldo fez por mim.

– E por causa disso você morre de fome?

– Uma hora, arranjo uma coisa. Ou acabo como você.

– Já te disse, você não tem jeito. Se recebesse um tostão de um homem, ficava depois com cara de culpada. E você já anda demais na fossa, puxa vida, eu não agüentava metade dessa fossa!

– Me acostumei. Quase faz parte de tudo isso, do ar, da chuva, desse sol. Olha, é como se a depressão estivesse no meio dos prédios, à nossa espera. Você chega, ela te cai em cima. Pum! No começo, assusta, depois se habitua, a gente leva para casa, tira na hora de dormir, coloca na hora de sair.

– E um dia se mata!

– É... acho que sim... um dia se mata... não, não se mata não... a gente continua a viver...

Deu uma pancada de chuva, enquanto o ônibus contornava a grande árvore, perto do Jóquei. Os pingos enormes batiam na capota; depois o sol varou as nuvens.

– Ainda estou pensando. Ver um túmulo! Que divertimento!

– É folclórico.

– Também, por mim, qualquer coisa, vamos em frente!

– Aonde você pensa que essa gente toda vai? É pra lá!

– Mas que história é essa?

– Era uma garota de dezesseis anos que se suicidou na véspera de ano novo. Ninguém sabe por quê. O pai ficou meio louco, com complexo de culpa. Acho que passou a não bater bem. Então, mandou construir o túmulo. O caixão fica lá embaixo e no lugar daquela pedra em cima, tem uma chapa de vidro grossíssimo, com o nome da garota. À noite, o vidro é iluminado.

– E daí?

– E daí mais nada.

O ônibus parou em frente ao cemitério dos judeus, elas desceram. A roupa de Anna Maria colava ao corpo, o calor se transformara num mormaço. Seguiam um aglomerado de pessoas, pelo canto do muro.

– Os judeus enterram nos cantos a gente que se suicida, disse Marilda.

– Como é que você sabe?

– Tive um namoradinho judeu que me explicou tudo. Ele que me trouxe aqui.

O povo desfilava diante do túmulo, passava a mão no vidro. Mulheres de rosto fundo, cabelos escorridos, vestidos amarfanhados, crianças de nariz sujo; velhas; homens com sapato sujo de barro, barra da calça comida. "O caixão devia ter uma janela de vidro, pra gente ver a cara da menina", disse uma velha de voz esganiçada. Um casal de namorados passou, fez um gesto de desapontamento.

— Tem sempre essa gente toda? — perguntou Anna Maria.

— Só aos sábados! Povo não tem o que fazer, vem ver coisas diferentes.

— Ah!

Ficaram sentadas no tronco de uma árvore, fora do cemitério, à espera do ônibus.

— Perdemos tempo! Isso é que me enche.

— Enche, ora, enche! Se não viesse aqui, o que estava fazendo?

— Nada.

— Então?

— Esquece.

— Se a gente apanhar alguém na cidade, vamos ver se dá pra ir ao Embu?

— Boa pedida.

— Mas precisa ser logo. Quem tem carro?

— Sei lá. Um monte de gente. Na cidade a gente vê.

Só encontraram o Franco Paulino, mas o Franco tinha vendido a perua e também estava procurando condução. Enquanto pensavam, foram bebendo chope no Redondo. Dez horas da noite, Anna Maria e Marilda estavam num porre total, não podiam nem se levantar da cadeira, foi preciso arrastá-las para o Teatro de Arena e chamar o farmacêutico em frente que aplicou Coramina. Elas voltaram a si, mas não queriam ir pra casa. Dormiram no escritório do teatro, num sofá-cama muito apertado.

Anna Maria:

"Não! não é com prazer, nem com alegria, nem com amor que eles fazem. É por fazer. Para descarregar. Para contar aos amigos: 'eu faturei'. Descem um instante do escritório, da repartição, saem da loja e correm ao apartamento. Trum! Voltam. Amor desse jeito é o mesmo que comer lanche de pé na Salada Paulista. Comer para encher, para não cair de fome no fim do dia. Um lanche a jato, sem gosto!".

"Marcos disse mentira: mentira é fácil de se pegar. É mais fácil apanhar o mentiroso que alcançar o coxo, dizia minha mãe. E meu pai e minha mãe existiram um dia, foram de verdade. Ou ainda são? Eu pedi, pedi muito: Marcos, não me deixe aqui. Me leve também. Estão todos indo. Têm para onde ir. Aqui estou, nua nesta janela. Nua para as outras janelas, para a rua, para todos os olhares desta cidade. Para que me vejam. Moça nua pensando. E não paro de pensar. Mas eu não sinto, não vejo que vêem. E isto é ser única dentro desta cidade. Estar sem ninguém. Saí à rua. Ontem. Anteontem. Quando foi? Para que me lembrar das coisas? Foi ontem porque ontem Marcos queria me levar para a televisão. "Não faço mais essa novela porca", disse. E ele: "Anna Maria, ouça, deixe de bobagem, venha comigo. Não gosta mais de mim?". "Gosto, é o que mais gosto no mundo." "Você bebeu?" "Não, não bebi. Estou assim porque gosto de você. Eu te amo desesperadamente." "Também não precisa exagerar. Venha." "Não. Tudo anda confuso, muito confuso." "Venha." "Não, não vou. Um mentiroso é o que você é." Saí à rua ontem. As pessoas tinham rostos iguais, caras iguais, andavam apressadas, no mesmo rumo, todas voltando, em filas, iguais, para a frente, passos rápidos, rápidos, atravessando ruas, andando nas calçadas, parando e continuando, e sempre as mesmas, eu rodeava o quarteirão, eram as mesmas, a moça de branco que me seguiu, seguiu até se cansar. Marilda! Onde está agora? Eu tenho Marilda! Não tenho mais. Eu tinha Marilda. Foi para o Rio. De uma vez. Mudou. Na semana passada eu fui à estação rodoviária, ela embarcou. Para não voltar. "Anna Maria, eu vou embora, porque estou cheia desta bosta aqui! Lá no Rio tem o sol e o mar, eu quero ir embora morar em frente ao mar. E todas as manhãs respirar e me encher de amor, e ar, e espaço. Vem também, Anna Maria." Querem me levar. Todos querem me levar e não me levam a parte alguma. Não posso. Mas por que não posso? Uma bolinha, bolinhas, três bolinhas. "Só com receita médica, menina." Rodei, rodei. "Mundo-Cão, me diz, onde posso arranjar bolinhas?" "Bolinhas? Agora tá difícil de livrar algumas. Eu vou procurar Afrânio. Ele falsifica receita e imprime talões falsos." Ah! Eu penso, não paro de pensar. E falo, falo, falo, por causa de bolinhas com Coca-Cola."

Anna Maria:
"Quer saber de uma coisa? Eu vou embora, dormir com o Caio. Não agüento mais".

Às três da tarde, Anna Maria acordou. Foi à janela e abriu a cortina, a tarde era cinza e cobria a cidade. Uma garoa forte peneirava no ar. Olhou a rua totalmente vazia. As árvores da Avenida Ipiranga eram manchas verdes, um verde doentio, enfumaçado, quinze andares abaixo. Um AeroWillys verde passou velozmente, deixando um duplo rastro de prata no asfalto. "Tem coisas bonitas, vez ou outra." Abriu os armários da cozinha, geléias, compotas. Desde o Natal vinha comprando, quase todos os dias. Era uma diversão ir ao supermercado, ficar correndo entre aquelas compridíssimas prateleiras, cheias de latas, vidros, pacotes. Todos os tipos de comidas e bebidas, empilhadinhas, direitinhas. Passava pelos balcões frigoríficos, pegava os pacotes plásticos de carnes, queijos, cheirava. "Isso é o resumo do que a cidade come." No sábado, depois do Natal, quando Sérgio não apareceu, ficou três horas no Peg-Pag, de um lado para o outro, vendo empregadas empurrando carrinhos, donas de casa de *bob* na cabeça, maridos levando filho, homens segurando cachorros pela correia, uma mistura enorme de gente rica e pobre, de pretos e brancos. O supermercado estava com o teto forrado de bandeirolas, com frases impressas: "Feliz Natal e Ano-Novo", "Sardinhas Coqueiro desejam à nossa clientela um bom 68!", "67 foi tranqüilo? – pois que 68 seja em dobro. São os votos de Abrão Lewish – Fornecedor dos Peg-Pag em todo São Paulo". Abarrotou os armários de latas; agora, nem ir mais ao supermercado era engraçado. Abriu presuntada e *bacon*. Fritou ovos, comeu com pão. Quatro horas, a garoa parou, Anna Maria observa o edifício em frente. Todas as janelas fechadas. Não há uma só aberta. "Será que todo mundo saiu?" Tinha visto no seu prédio o movimento, nos dois últimos dias. Gente com mala, com pacotes, embrulhados, descendo no elevador, tomando carros, táxis. "Devia ter ido para casa." Deitada na cama, outra vez folheia os programas e abre os cartazes. Da sua primeira peça; da ponta que fez num filme; dos três sucessos seguidos. "E tudo é nada." Eu devia recomeçar a fazer cruzes diante dos nomes. Em cada cartaz haveria uma cruz. Uma e noutro, várias. Às seis horas – estava no relógio luminoso da Willys, a dominar a cidade – voltou à janela. Os anúncios começaram a brilhar em vermelho, amarelo, verde e azul. LEITE PAULISTA – Da fazenda para sua casa. PNEUS GOOD-RICH – Mais quilometragem. MARTINI. CAFÉ CABOCLO – Eta cafezinho bão! AÇÚCAR UNIÃO. CRÉDITO INSTANTÂNEO n'A SENSAÇÃO. Férias até dia 5 de janeiro, porque nessa época não tem ninguém indo a teatro. Nada a se fazer até dia 5.

Gostava do banho quente, a água correndo em jorros, descendo na pele. E o sabão. Lavou-se devagar, esfregava e ria. Ao enxugar-se, lembrou da notícia do jornal, a mulher que, com a faca, se rasgara inteiramente entre as pernas, porque o marido queria demais, e ela não suportava, estava esgotada e o marido não fazia outra coisa senão trabalhar e ir para a cama. Anna Maria cheirava bem, o perfume ficava grudado à pele por muito tempo. Cedo ainda, mas pelo corredor vinha o barulho dos outros apartamentos, gente entrando e saindo, falas de bêbados, voz de homem gritando para comprar mais champanha, portas batendo, vitrolas ligadas. Desceu no elevador com um grupo que trazia chapéus coloridos, máscaras pretas e copos na mão. No corredor da portaria, pendiam das colunas enfeites circulares com sinos prateados no meio. O chão na rua estava coalhado de papéis picados e dos fios e árvores pendiam serpentinas molhadas. Na farmácia, Anna Maria segurou o telefone, ficou ouvindo o ruído de linha. A caixa, menina de dezessete anos e cabelos ondulados, dizia à amiga: "saio às onze e vou ficar esperando Pedro. Ele só sai da fábrica às dez e meia, ainda vai em casa vestir a roupa, depois vem pra cidade. A gente se encontra ali pela meia-noite, e não sabemos ainda o que fazer. Acho que vamos beber vinho num bar bacana aí na cidade!" Anna Maria recolocou o fone no gancho, saiu para a calçada.

Em frente ao cinema, dois pipoqueiros gordos enchiam pacotes com uma pipoca branquinha. Os cartazes de *O Eclipse* mostravam Alain Delon e Mônica Vitti abraçados. "Ela tem cara de quem está gozando. Já vi esse filme e não agüento de novo. Não hoje." Passou um conversível cheio de garotos que gritaram. "Olha aí, gostosa, vem dar uma volta. Feliz entrada em você!" Moleque, ao seu lado, riu. Percebeu que o menininho, uns doze anos, olhava fixamente suas pernas. Com tal intensidade que chegou a dar um suspiro. Uma cócega começou entre suas pernas. O menino seguiu-a com o olhar, a mão no bolso. Na praça da República uma banda tocava, no coreto, um mundo de gente rodeava. A música terminou. Cruzou com o casal mulato, aspirou um perfume Royal Briar misturado a suor. Quase todo mundo, ali, tinha esse cheiro e um jeito igual de rir e falar. As mulheres traziam crianças no colo; que gente raquítica. Uma velha fazia força para tomar água no bebedouro, apertou demais o pedal de pressão, e água esguichou pelo seu rosto. A banda atacou um dobrado, o povo se juntou, Anna Maria se viu no meio. A música era comprida, o maestro agitava sua varinha. Aí sentiu a pressão do joelho em sua perna. Leve. Mais apertada um pouco. A varinha descrevia círculos, subia e descia. Um corpo inteiro se encostou ao seu. Lentamente, ela passeou os olhos em volta, o povo prestava atenção à banda. Relaxou o corpo, grudou-se ao cara. Percebeu que ele se afastava um pouco, se ajeitava, encostava-se de novo, na posição certa. Nua, estaria penetrada até o fim. O formigamento correu pelo corpo inteiro. A música acabou, ele se afastou. Anna Maria furou a multidão, não olhou para o sujeito. Foi alcançada antes de chegar à Ipiranga. Era bonito, tinha uns olhos claros.

"Eu te segui desde o começo da Avenida", disse ele, enquanto o carro corria pela São João, cortando ônibus, podando bondes. "Você é meio louco. Como ia saber se eu deixava se encostar em mim, daquele jeito?" Ele tinha um riso aberto e dentes bonitos. "Tentei. Deu certo, isso é o que interessa." Brecou o sinal vermelho, um DKW passou à toda, saindo da rua transversal. "Vamos dar uma volta por aí, depois te deixo onde você quiser. Tenho um *réveillon* pra ir. Não, não posso te levar, tenho noiva. É um galho desgraçado!" Corria outra vez, entrou na Avenida Pacaembu, seguiu até o estádio, deu uma volta, parou num beco fechado, escuro. E já a mão apertava o seio de Anna Maria, e sua língua corria pelo céu da boca, ela sentindo um gosto de fumo e pasta de dentes. Passou algum tempo e ela viu a calma dele, a espera, as carícias. E nova retração. E o silêncio enorme do bairro, em volta. Tirou a roupa. Completamente. "Você é meio louca. Se aparece alguém, vou sair correndo com você nua assim?" Sua língua tocou o ventre, subiu aos seios. Ele se parecia com o homem do circo. Não, era mais bonito. O cara mais bonito que já tinha visto. E quando teve dentro de si, sentiu raspar. Estava seca. Os movimentos dele eram vagarosos. Assim é que era. Caminho do céu. O céu onde não se chega. Até vir o fim e tudo se fecha em volta dela, e as lágrimas correram. Então, ele bateu forte. Tapas chapados no rosto. "Por quê?" Sem jeito, ele respondeu: "Você gritava tanto que ia chamar a vizinhança. Gritava e chorava. Gostar assim também é demais. Fogo!". Começou a rir. Um riso amplo. "O engano. Ainda é o formidável engano." Ele ligou o motor, enquanto ela ria e vestia a blusa. Colocou a saia sobre as pernas. O carro voltou à avenida Pacaembu.

— Preciso te levar depressa, pra ir buscar meu pessoal.

— Te vejo de novo?

— Não sei! Acho que não vai dar, não.

— Por quê?

— Por nada. Problemas meus.

– Não gostou?

Anna Maria esperou, ele não respondeu. Ela pensou: O gozo. Será aquilo? Eu não sabia como era, pra dizer que é aquilo.

Um Volks correu paralelo, cantavam músicas de carnaval. "Tem um transistor no porta-luvas." O dedo comprimiu o botão, a tampa caiu, o radiozinho ficou na mão de Anna Maria. Nara Leão cantava: "Há em mim uma calma aparente..."

Camila numa semana

(ao som de Nara Leão)

Camila aconteceu, ao voltar da aula de italiano, uma tarde. Sentou-se ao lado de Múcio, à minha frente, atirando os livros para uma cadeira. O bar estava cheio, fazia calor e todo mundo bebia cerveja e chope. Os copos suavam e a bebida amarela e gelada dava uma sensação de frescor. Camila usava o cabelo curto, cortado rente e, por ser loirinha e ter olhos claros, me lembrei de Jean Seberg em *Acossado*. Ela pediu caju. Bebia o suco e olhava concentradamente o canudo, de modo a ficar vesguinha. Numa tirada foi até ao fim. Múcio apanhou um dos livros, sociologia, do Mannheim, e folheava, cheirando as páginas. Quando ouviu o gluglu na ponta do canudinho, Camila ergueu a cabeça. Percorreu a mesa e o bar com os olhos apertadinhos, depois fez pfuuuu com a boca. Fixou-se em mim, enquanto eu sentia uma pulsão rápida, contente pelo olhar. Ainda azul e frio. Múcio disse meu nome. "Conheço. Já te li uma vez", disse ela. Ergueu a mão direita, exclamando: "Oi". Passou a conversar com Múcio e meus dedos gelaram de tanto rodar o copo. Camila me olhava. Me deu uma ligeira contração na barriga. Sempre dá nessas horas. Desviava e me voltava, sabendo o momento exato em que seus olhos viriam de Múcio para mim. Ela fazia biquinho, apertando os lábios, e virava os olhos, fixando a ponta do nariz. Na terceira vez, virei também, fiquei totalmente vesgo, me deu uma dor no canto esquerdo. "Tem fita do Ingmar Bergman no Normandie. A gente pode pegar a primeira sessão da noite." Acendiam as luzes, os carros vinham com faróis rompendo o início de penumbra, fomos a pé, dando encontrões. Custou a atravessar a São João, Camila andava sem olhar, derrubou a pasta de um homem de bigodinho fino e narigão, que ficou resmungando enquanto ela continuava, sem olhar para trás. "Acho um cocô esta hora, não dá nem para se andar. Por que essa gente tem de sair justo agora do serviço? Essa hora é tão boa e é pena esperdiçar com eles, nem enxergam." Virou-se, rápida, o biquinho formado, "vai passar a mão na tua mãe, japonês". Faltavam vinte minutos para começar a sessão, o porteiro olhou demorado a minha permanente, ao nos ver cortar a fila que era grande. Anotou o número e continuou a me olhar, desconfiado. Quando se virou, uni o polegar ao indicador, em círculo, e mandei-o tomar. Camila riu. Ela ficou sentada entre nós, voltando-se para mim e fazendo com a cabeça um sinal de "viu só?", enquanto Múcio falava, explicando por que não gostava de Ingmar Bergman. Quando o filme começou, Camila se inclinou para o meu lado. O suficiente para que nossos braços se roçassem disputando o encosto. O cotovelo escorregava, eu perdia o equilíbrio. Quando toquei sua mão, ela retirou-a; e sorriu. Nesse momento senti. Vontade. Enorme, a me tomar e a me deixar intranqüilo na poltrona. Camila tinha gestos nervosos acompanhando a fita. "Parece macaquinha", eu disse. Fazia uma série de movimentos bruscos, seguidos de calma, para retomar o nervosismo. Depois abandonava o filme e me olhava. Eu também. Tanto que, a certa altura, ficava tudo embaralhado pela fixação e o não piscar. "Olha a tela, senão o que vai dizer depois na tua coluna?" Empurrou meu rosto com o dedo e depois enfiou o dedo no meu ouvido, fazendo cócegas. Estremeci. Afinal quem escreve sobre cinema deve ter uma vaga idéia do que está se passando. Mas eu não me incomodava um pingo com o Bergman e sua virgem violentada. E no final, misturados à gente que saía, ela procurou minha mão e fomos até a porta, seguros pelos dedos. Ela franziu o nariz e vi então que era mesmo muito engraçadinha. E senti uma tristeza. Da impossibilidade de não tê-la naquela mesma noite. Eu queria, e quase podia ter certeza que ela também. E ia pensando. Desejo é isso, é o que se quer na hora, não se pode adiar, amor precisa ser feito no instante em que se sentiu a mulher: cheiro, o jeito de ser, a vontade que se desprende. Porque a gente está preparado e aquilo está entre as pernas da gente. Quando entramos no táxi e Camila ficou colada em mim, percebi. Também ela queria. E, quando se descobre alguém querendo a gente, é uma festa. E tudo participa. A gente passa a contar. Tem alguém que espera, pensa em nós e dá valor e nos comunica outra medida. E dá a um homem, mesmo que ele não seja nada, a certeza de ser tudo. Opa! Múcio me deu um beliscão, quando Camila se inclinou para pagar ao motorista. "Paga aí!" Ele não tinha dinheiro. "Deixe que não vou ficar, preciso voltar." "Te esperamos, vê se vem, tá?" Franziu o nariz, bem gostosinho. Ficaram na Cantina Roma. O jornal estava confuso e agitado, o pessoal se espalhava pela redação. Assim era nos últimos dias e havia um ar de satisfação. Falavam em golpe da esquerda e na preparação que se fazia. Tinha sido anunciado um grande comício no Rio de Janeiro, quando as refinarias seriam encampadas e a reforma agrária assinada. Camila devia estar começando a comer, segurando o garfo com aqueles dedos finos. Olhei os meus. Os que ela tinha pego no cinema. "Não lavo mais as mãos." Tive um amigo que fez assim durante uma semana e terminou com as unhas sujas. Duda, ao meu lado, dizia: "Olha! Eu acho que está começando um grande tempo para nós."

"Capoeira que é bom,
não cai;
se um dia ele cai,
cai bem."

Acelero o passo. O velho, sentado na cadeira do engraxate, lê o grossíssimo jornal dominical. "Será que devo ir de sapato engraxado?" Moedas de todos os tipos e países; notas antigas de quinhentos réis, cinco mil-réis, quinhentos mil-réis; e os pedacinhos de papel coloridos manchando as pequenas mesas e sendo examinados atentamente. A praça da República está cheia de gente encapotada. Moços que consultam catálogos considerando o selo pretendido; e velhos a discutir valor, munidos de lente e pinça. Dezenas de bancas se espalham pelo miolo da praça, junto às pontes sobre os lagos. Ali discutem, trocam, vendem, compram, mostram peças raras, procuram, abrem amizades; até meio-dia, mais ou menos. Encontro Camila na porta do prédio, na hora em que ela abria a porta.

– Você é a única do mundo que marca encontro às sete da manhã!

– E daí?

– Daí nada!

– Se está achando ruim, pode voltar e dormir.

Franziu o nariz e me estendeu a mão.

– Não. Até que é gozado. Mas o que a gente vai fazer?

– Nada. Andar por aí.

Me olha.

– Não trouxe malha, nem nada? Não tem frio?

– Nem um pingo. Mais tarde esquenta, você vai ver. É sempre assim pela manhã.

Achamos um bar na Major Sertório com mesas na calçada. Ainda estão fazendo café e nem abriram as portas direito.

– Não é mais gostoso? Acho uma delícia andar assim. E com você então, puxa! Viu? A gente nem disse nada, de lá até aqui. Não é bom assim? Parece que a cidade é só da gente. Um dia saí a pé e fui até o Fasano de Santo Amaro. Só tinha eu. Mas, sabe, eu tive medo que você não voltasse pra casa hoje. Ou voltasse tarde e não ligasse pro meu bilhete.

Encontrei debaixo da porta, às três e meia. "Não se esqueça! Venha me buscar às sete. Não se esqueça. Te espero na porta. Camila." Ficou louca, pensei. Nunca vou conseguir acordar essa hora. Coloquei o despertador. Camila tem a mania de bilhetes e cartas. E das palavras. Uns dias depois de termos nos conhecido recebi o primeiro.

"Não quero te ver mais. Você me faz mal e não me leva a sério. Está sempre com um ar gozador. Quer dar a impressão de que está sempre por cima. Não me procure. Me procurar é bobagem. Não saio mais com você."

Joguei o bilhete na panela maior, uma de ferro fundido, dessas que no interior usam para cozinhar feijão. Tenho três pelo chão. A maior é para bilhetes e cartas das meninas. As outras duas: uma para correspondência de amigos e outra para lixo. Às vezes, quando estão cheias, mando tudo para baixo, pelo tubo do incinerador; as coisas morrem ali. Múcio me disse que o primeiro indício de que Camila está apaixonada são as cartas. Bilhetes, cartas que manda entregar, põe no correio, ou deixa debaixo da porta. Algumas compridas, onde retrata seu dia, ou se abre, quando está na fossa. Outras vezes, apenas duas ou três linhas. Ou uma frase só. Como a que veio depois do primeiro bilhete:

"Esquece o que disse. Saio sim!".

E ainda deixa as histórias que escreve, os artigos que pretende publicar no jornal da faculdade, uma merdinha muito malfeita. Quer que eu dê opinião. Depois, frente a frente, quando tento discutir, ela sacode a cabeça e diz não, se quiser, devo escrever resposta. Três dias atrás recebi uma história que tinha a primeira frase boa: "era uma vez um elefante pederasta". Depois se perdia, não sabia como acabar.

Quando achei o bilhete ontem, não pensava vir. Lembravame que à tarde tínhamos ido à *Iara*, na Augusta. Ela estava só com o vestido por cima do corpo. Vestido e calcinha. Me disse, piscando o olho e fazendo um não com o indicador esquerdo. Tentei beijá-la, à nossa frente tinha apenas um casal de garotos, o movimento não começara ainda. Ela se virou, rápida, para o outro lado. Depois:

— Vai me buscar amanhã, bem cedo.

— Cedo? Que horas?

— Sete. Tá bom?

— Sete? Isso é hora de ir dormir!

— Ora, não faz pose. Você dorme uma vez por ano às sete da manhã.

— É o que você pensa!

— Que conversa boba. Hoje estamos de veneta. Bem que disse no bilhete. Vamos parar de nos ver.

— Não muda de assunto. Amanhã às sete.

Pela facilidade com que pulei da cama, achei que devia estar gostando dela. Um sol frio e somente eu a atravessar a rua em direção à praça da República.

"quem diz muito que vai,
não vai,

E assim como não vai,
não vem"

— Você gosta de Nara?

— Bacaninha ela.

— Bonita?

— Nunca vi. Só de fotografia. Acho ela bonita.

— Eu não!

— Faz uma coisa, que sempre faço. Põe o disco e fica olhando uma fotografia. Tem aí *O Cruzeiro* com uma reportagem. Vê como ela fica alinhada!

— Alinhada? Que gíria mais 45! Me diz: você gosta de bossa?

— De alguns caras. Tem muito cara enganando. Mas gosto.

— Por quê?

Ela pergunta e vai folheando *O Cruzeiro*, deixou o disco rolando no "Maria Moita". Encontra as fotos de Nara e deixa aberta a revista sobre a cama.

— Você tem atração por ela?

— Tenho. Muita. Uma menina que canta assim é bacaninha.

— Ela canta mal.

— Pra quem não presta atenção. Você ouve duas vezes e gosta, depois vai gostando mais e mais.

— E a bossa? Você não falou da bossa.

— Eu acho que daqui a alguns anos vão falar da era da bossa, como falaram da era do jazz. E a gente está vivendo essa era.

— Só que não tem Scott Fitzgerald.

— Eu gostava de ser. Um dia vou escrever.

— Um dia? Por que não começa logo?

— Estou pensando.

— Não pensa. Escreve. Que o tempo está passando e daqui a pouco bumba. Se acabou.

Ela põe "Maria Moita" de novo, fica estendida na cama para o lado da vitrola. Olho Camila, quieta, o cabelo todo espalhado no rosto, pergunto:

– O que deu em você?

– Nada. O que é?

– Tanto fricote. No fim, a gente veio parar onde os dois queriam.

– Gozado. Acha que tem de ser de cara?

– Bem, mas não precisa levar uma semana, não?

– Sabe, uma semana até que é pouco. Tem menina por aí que leva anos. Tem outras que só casando.

– E como se agüentam? Isso é que fico pensando, às vezes. Acho que não existem.

– Vai pensando! De repente, você topa na pedra e quebra o dedo.

– Se existem, é um grupo reduzido. Devem estar numa reserva. Como índio nos Estados Unidos. Uma reserva para as virgens.

– Me diz uma coisa. Com que espécie de gente você anda? Com quem convive?

– Ora, a mesma gente que você.

– Não sei, não. Não parece. Não é o tipo de gente que me cerca.

– Não? Eu sou o tipo que te trouxe pra cama. E agora?

– Agora nada. Por quê? Acha que estou arrependida? E vai ficar orgulhoso?

– Sei lá! Você é esquisita, sabe?

– Esquisita porque não vim dormir contigo no primeiro dia?

– Não. Não te convidei no primeiro dia.

– Se tivesse me convidado, na primeira noite, aquela do cinema, eu teria vindo. Mas você fez bobagem dando cara de sério. Principalmente mandando rosas vermelhas no dia seguinte.

– Mas você gostou, não gostou? Foi um gesto bacana.

– Bacana? Detesto rosas vermelhas. Tenho horror! Ainda mais essas de floricultura. Deitadinhas na caixa de plástico transparente. Como se fossem cadáveres. Essa a impressão que tenho cada vez que recebo rosas vermelhas. Defunto no caixão...

– Você é mais mórbida que sentimental.

– Mórbida nada. É que tem umas coisas ridículas mesmo.

Camila estende-se sobre o lençol azul e o sol cai sobre seu corpo. Em tal intensidade que não há um único ponto de sombra. Ao nos deitarmos, ela disse:

– Levanta a persiana.

– Mas vão ver a gente, dos outros prédios.

– Eu não me incomodo. Deixa esse sol entrar.

A persiana subiu e a claridade entrou com violência. A cidade quieta debaixo do mormaço. E o corpo de Camila, descoberto. Brilhando os seus cabelos, os dentes, os olhos e a leve penugem loira que cobria suas coxas. Como se ela fosse ouro. E me pertencia. Existia debaixo da luz. "Quero que você me faça tudo. Tudo o que souber", pediu. Tudo. A esta altura não há mais nada a fazer. "Você seria capaz de se deitar comigo, agora, lá embaixo, no meio da praça, com o sol por cima e o povo olhando?" É a forma de seus lábios, a brancura dos dentes, a sua pombinha carnuda e macia que me excitam. "Não. Ninguém faz isso. Não é possível." "Não, mas a gente podia tentar. Só de pensar fico molhadinha. Quer tentar comigo?" Então quer mais. Suavemente. "Enquanto o sol estiver, nós ficamos aqui." E chega um instante em que peço para vir a noite, surgir uma sombra, uma nuvem correr, tapar o sol, cobrir tudo, chover talvez. Mas o céu é limpo.

"eu chorei;

perdi a paz;

Mas o que eu sei é que ninguém nunca teve mais;

mais do que eu."

"Chega de Juão", disse Camila uma noite, "chega de ver frescuras". E surgimos no Lancaster, onde há meses eu não aparecia. Os Clevers tocavam alucinadamente e tudo era abafado e barulhento. Um barulho que me agradava. Comecei a dançar, até que Camila me puxou para a mesa. "Quem dança *twist* tem bunda alegre e cara triste." Encostou o joelho no meu, ficou sacudindo as mãos. "Você nunca tinha me trazido aqui. É gozadinho. Agora a gente vem sempre?" Não havia movimento essa noite e o Lancaster era bom assim, vazio, a gente podendo dançar, ouvir os berros desesperados do sax que colocava "Olhos Negros" em ritmo de *twist*. "E aí Cláudio Fossinha" – porque vivia sempre deprimido – estava à minha frente: "Pensei que não ia te achar. Me mandaram te procurar lá no jornal. Passei aqui pra tomar algum antes de enfrentar a noite e depois ia dizer que não tinha te encontrado. Você vai viajar".

"Para Curitiba", disse o secretário, estendendo um maço de dinheiro trocado, apanhado na distribuição. "Se precisar mais, telegrafa. Mas eles vão pagar tudo. Rui está arrumando a máquina e os filmes. Você pode rachar com o pessoal nessa reportagem. Só vai você, mais nenhum outro jornal. É tua chance, velhinho. Você andava encostado!" Contrabando de café no Paraná. "Um negócio bacana", disse Camila, "e eu gostava de ir junto". "E por que não vem?" "Ué, se for por mim. E como a gente faz?" "Olha, eu te dou algum dinheiro, você vai, pega um hotel. Amanhã, ou depois. Eu dou um jeito de ficar em Curitiba, acerto com o Rui, ele vai sozinho com os caras da fiscalização, depois me traz os dados. Todas as noites, às dez horas, vou para a confeitaria Iguaçu e fico te esperando. Tá?"

Na perua tinha um inspetor de alfândega, dois agentes da fiscalização do ministério da Fazenda, um tipo que não cheguei a saber o que fazia e o chofer que não disse palavra no trajeto. Eu não gosto de conversar em viagem e o inspetor me relatava seus vinte e sete anos de funcionalismo. A cada três frases apertava as mãos e estalava as juntas dos dedos. O homem não tinha sono. A BR-2 corria debaixo de nós. Rui encostara a cabeça ao vidro, os agentes tinham os olhos fechados e o indefinido dormia com a mão dentro do paletó, como se fosse sacar a arma. Todos tinham arma. Até Rui que gosta muito desse gênero de reportagem.

Curitiba. Eles subiram para os quartos, fiquei embaixo, numa cadeira de palhinha. O hall era de ladrilhos vermelhos com gregas. Eu não queria dormir. Ouvia os apitos e vagões fazendo manobras, barulho de engates. Pensei em Camila. E era uma coisa alegre pensar nela.

Duas noites depois na *Iguaçu* me aproximei da mesa. Ao beijar, ela me mordeu a ponta do lábio. O garçom olhava. Ela colocou o dedo na testa e girou, depois apontou para seu peito: "sou meio maluca". O garçom virou as costas. "Sustenta a tua menininha que ela ficou dura." Pediu um sanduíche e um guaraná. "Já andei por aí. Chatinho este lugar, não é? E o fotógrafo? Foi sozinho?" Foi. Eu trabalhava com o Rui há muito tempo. No seu início fizéramos dupla. E o prêmio semanal de reportagem foi nosso tanto tempo que nos colocaram fora de série. Em seguida, peguei a crítica de cinema e a secretaria. Finalmente tinha meu espaço fixo. O que não me contentou tanto quanto eu esperava. "Descobri hoje uma coisa engraçada. Estou nervoso", eu disse.

Camila encheu a bochecha de ar, fechou um olho. "Nervoso?" Voltou ao normal. "An, an. Faz tanto tempo que não saio para reportagem que estou sentindo dor de barriga! Assim era, quando comecei. Saía para a rua e ficava nervoso por qualquer bobagenzinha. Depois, aquela tensão, que até era agradável, desapareceu. Voltou agora. Até que gosto. Ficar sentado dentro daquele jornal não é vida para mim." E ela: "pois eu te digo uma coisa. Gostava de ter ido com o pessoal. Pensou? Trabalho mais bacana? Investigação, tiros, briga, corridas, perseguições, os navios sendo carregados à noite com o café, a chegada da polícia, metralhadoras? Você foi bobo em ficar". Com o polegar e o indicador formara um revólver e atirava. "Isso é muita fita que você anda assistindo." "Fita nada. Eu gostava de ser bandida. Ou que você fosse o bandido e eu a tua garota. Garota não! A tua zinha, como eles dizem nas legendas dos filmes! Polícia não gosto de ser. Tenho uma raiva danada de polícia!"

Enquanto caminhávamos para o hotel, ela ia para o canto das esquinas, olhava cuidadosamente, atravessava a rua correndo e me mandando esperar. Diante das portas andava pé ante pé; escondia-se atrás das árvores. E uma hora, no meio de um quarteirão escuro, me salvou de três tipos suspeitos, provocando verdadeira fuzilaria. Entrou no hotel, tirou os sapatos, o porteiro não estava no balcão, ela apanhou a chave e me fez subir em silêncio ao quarto, onde fizemos amor com a luz acesa.

E os outros dias também foram bons.

Os garçons corriam das mesas ao balcão. As meninas tomavam sorvetes, e os rapazes, à sua frente, sacudiam a cabeça. Todas as noites nos sentávamos ali e todas as noites era igual. Ventiladores enormes zumbiam nos cantos.

– A gente vai ficar muito tempo aqui?

– Não depende de mim. Tenho que esperar o fotógrafo.

– E ele demora?

– Sei tanto quanto você. Já se foram há mais de uma semana.

– E nós mofamos aqui!

– Mas está bom, não? Longe de São Paulo. A gente sozinho. O lugar é sossegado.

– Bom. O que adianta estar bom? Eu tenho a impressão que estamos perdendo tempo.

Sobraram no prato as pontas do pão, o resto do sorvete derreteu-se em torno do figo em calda. Camila parou de atirar caroços de azeitonas no rapaz pouco à frente e se abanava com o cardápio. Tinha pingos de suor embaixo dos olhos. Nas vitrinas iluminadas, nas cadeiras e garrafas, percebia-se uma camada vermelha. "Mais nada?" O garçom esperava e o guardanapo no braço tinha a tonalidade da poeira. "Não. Traz a nota."

– Vamos andar, sentar aí na praça, ao menos deve estar menos abafado.

Camila começou a andar com as pontas dos pés enfiadas para dentro. Em volta de nós o povo parecia caminhar com solas de borracha e era como se estivéssemos do outro lado de um vidro, vendo-os a se moverem. De uma janela desceu o som de um *twist* em italiano, Camila se remexeu no ritmo, percebeu os rostos se voltando, murmurou: "viados, todos viados".

Na praça, os jatos do chafariz, às vezes, perdiam a rigidez e oscilavam, a noite refrescava-se um instante, os moços abriam a camisa. Num banco, uma velha abrira as pernas e com um cartão empurrava o ar para dentro, enquanto tinha os olhos fechados. Atravessamos entre casais de namorados, velhos, garotos de terno preto com os sapatos sujos de poeira, olhando os bustos de bronze que coalhavam canteiros e as palmeiras recortadas no fundo da noite.

As palmeiras altas, imóveis. O povo aumentava na praça, que era o lugar mais fresco. A velha parara de se abanar com o cartão, mas continuava de olhos fechados. Camila não quis sentar-se ao seu lado.

– Vamos praquela rua. Não consigo ficar parada!

Então, o padre surgiu, correndo com a faca na mão. Era uma faca de cozinha, enorme. E atrás do padre, a uma distância de vinte metros, vinham os moços. Ofegantes, num acelerado desordenado. "Matemos um comunista por dia", gritavam os da retaguarda, no ritmo sincopado das vozes em uníssono que rezam Hora Santa na igreja. "Não sei o que é, mas vai dar bolo em algum lugar. Vem." Camila corria ao meu lado, na calçada oposta. Na segunda esquina um novo grupo parecia estar à espera e uniu-se. Eram, agora, quatro padres. O terceiro grupo, comandado por um sacerdote manco, trazia paus e cartazes. "Está chegando a hora de acabar com as patifarias vermelhas", dizia uma legenda em azul e vermelho. "A ação dos colégios particulares é justa, nobre e patriota." "Estudantes querem desmoralizar o ensino." "Ensino público é corrupção! Faixas escritas em algodãozinho. Surgiam agora das esquinas, portas, becos, árvores. Tomaram a rua e os dois passeios. E já não se entendia as frases gritadas. À frente, formando uma negra e compacta coluna, os padres. A multidão nos rodeava e não havia meio de recuar, se quiséssemos. Dois garotos conversavam com Camila, mas eu não podia ouvir nada, queria me apressar para ver os padres, seus rostos carregados de ódio. Como se deles, fosse para onde fossem, dependesse a salvação final do mundo. O manco era mais feroz e saltava tão rapidamente com a perna mais curta que perdia o equilíbrio, ameaçava cair para a frente, se recompunha, saltava de novo, perdia o equilíbrio. O rosto carregado de pelancas deixava apenas os olhos saltados. Ao seu lado ia um moço de óculos, cabelo à escovinha, olhar assustado, com as mãos erguidas e a desmunhecá-las graciosamente quando pretendia estimular a turba. Camila se apoiou em meu braço. "Essa era a marcha pela manutenção da escola particular. Já tinha acabado, mas eles se uniram de novo por qualquer coisa. Os padres defendiam a mamata deles!"

Súbito, estacaram. Morreram os gritos, os passos, e no ar quente da noite ouviu-se as respirações arquejantes. Um instante apenas. Porque de uma série de alto-falantes veio voz firme, levemente nasalada.

"Pois o tempo dos privilégios de alguns e as regalias de certa classe estão chegando ao fim. A escola pública é a única forma de alfabetizar o povo. Mas esses que do púlpito dizem defender o povo são os primeiros a organizar marchas, movimentos, concentrações, para que a escola seja mais cara! Portanto proibida ao povo! Nem violência, nem nada vão atemorizar os estudantes."

"Estudantes" foi a última palavra. Porque um guincho se elevou da coluna de padres. Nem grito, exclamação, berro. Foi um ganido. O padre manco saltava, no mesmo tempo, espumando. O da faca unira as mãos em prece e abaixara a cabeça, conservando a lâmina da arma presa entre as palmas. O delicado se ajoelhara e escondera o rosto. Nos outros que formavam massa preta e sem rosto, não se percebia senão que emitiam aquele som, logo dominado pelo alarido dos estudantes.

– Chega de servir os vermelhos!

O grupo do comício se voltara rapidamente e encarava o ajuntamento.

Como numa cerimônia litúrgica, adiantaram-se os padres e inclinaram a cabeça. Avançaram em passos iguais e rápidos, enquanto os do comício recuaram, sem saber se deviam conter o ataque clerical e sem mesmo erguer as mãos para bater, pois era estranho o rival pela frente. Afastaram-se até ficarem comprimidos contra o palanque, sem saídas para os lados. Aí, viram a faca. E tomaram a decisão. Abriu-se um claro ao redor do padre que a manejava. Sem saber manobrá-la, o próprio padre mostrava-se surpreso e a erguia, desajeitado. Mas pronto. Ao seu redor, reuniram-se estudantes com os cabos que tinham sustentado as faixas, agora em pedaços pelo chão. Isto, em menos de segundos. Que já se formou um amontoado de gente a se socar; e pedras voavam; e garotos subiam nos postes e árvores a arrebentar fios; e houve princípio de fogo no palanque. A massa comandada pelos padres cercou os do comício. E surrava. O padre manco estendeu-se no chão umas três vezes, depois se encostou a um poste e gritava: "Por Cristo dêemm-lhesss o que merrrecem estes verrrmelhas!" Eu puxara Camila para junto de uma porta e a conduzia para fora do miolo da briga. Hesitação rápida quando apareceu a polícia. Os socos se imobilizaram, os cacetes desceram, as mãos largaram as pedras, enquanto os policiais marchavam. Esperavam. Os dois grupos. A adesão. Adiantaram-se os padres; o da faca, sem a faca, escondida ou perdida. E os policiais se abriram em fila, lado a lado, e marcharam sobre os do comício que recuaram e, em seguida, correram e se enfiaram pelas esquinas e portas e saltando muros. Restou a multidão curiosa, misturada à turba da marcha. Os padres estavam rodeados por garotos e sorriam, colocando mãos paternais nas cabeças dos meninos.

No hotel, pedi ligação para o jornal. O dia começava quando consegui passar a notícia.

Rui voltou após uma semana:

– Foi uma merda! Esses caras não são de nada, ou estão arreglados. Fiquei o tempo todo em Paranaguá sem fazer nada. O pessoal passava de um escritório pro outro. Iam pra delegacia. Ficavam no bar do hotel jogando sinuca. Que tinha coisa, tinha. Porque eu via eles mexendo com uma papelada dos diabos. Uma hora lá, um que era o mais legal deu um pulo. A gente estava numa comissaria de café. Remexeram tudo, depois se trancaram numa sala. De noite, fomos num porto particular para ver um embarque clandestino. Eles sabiam que era clandestino, que estavam metendo a mão, que era uma negociata dos diabos. Só dois cabras reclamaram, mas ficou por isso. Tudo muito esquisito. Esse negócio não me cheira bem. Você não acha que a gente deve investigar sozinho?

– Eu não. Por quê?

– Porque tenho uns dados comigo.

– A gente levava um ano, não conseguia nada.

– Vamos meter os peito. Pode ser que dê.

– Pode ser. E depois? Se der?

– A gente estoura.

– E daí?

– E daí que a gente estoura.

– Você ficou bobo. Totalmente. Não vamos estourar nada!

– Vamos tentar.

– Eu não.

– Eu já sei. É essa menina!

– Que menina, que nada. É que eu sei, Rui. Estou no jornal há bastante tempo, pra saber. Não sai nada.

– Bom, mas a gente faz. Se não sai, não temos nada com isso.

– Sete anos naquela porcaria e ainda acredita nela. O jornal te perturbou.

– Tá bom, velhinho. É pena. Você não é mais tão bacana assim. Não é como a gente fazia antigamente, quando chegava a dormir na mesa da redação durante as greves.

– O que posso fazer? Não estou mais pra me chatear.

– Tá bom, tá bom. Agora, a gente vai pra Belo Horizonte.

– Fazer o quê?

– Continuar.

– Já me enchi dessa besteira. Mesmo sem ir pra lugar nenhum. Vai você pra Minas.

– Ou nós dois, ou ninguém.

Deixamos Curitiba num cargueiro da FAB. Em Belo Horizonte não vimos o tempo, encerrados quietamente num quarto de sexto andar, diante de uma praça monótona. Dormíamos a manhã toda, à tarde ficávamos estendidos na cama, deixando o sol bater na gente. A pele de Camila era branca. E repetíamos. Até que a tarde caía e o silêncio enorme dominava a cidade. Íamos todas as noites a um cineminha poeira, sempre com pouca gente, a não ser no sábado, quando um bando de garotos lotou tudo, gritou, bateu pés e assobiou com o *farwest* e o seriado. Foi no domingo, pelas quatro horas. Rui chegara, nada tinha conseguido, estava preocupado com matéria para o jornal. Até àquela hora eu mal reparara nas faixas de algodãozinho ordinário. Rui perguntou o que eram. E então olhei para baixo. Vi. Eram dezenas, como se tivessem nascido nas árvores. E o povo chegava e ia rodeando o palanque. Mais e mais gente. Rui apanhou a máquina, "vou ver o que é isso, talvez dê alguma coisa, pra não dizerem que a gente está fazendo nada por aqui". O povo, que aumentava, surgia das ruas laterais apressado. Mulheres de associações, em branco; em preto, com fitas amarelas, com fitas vermelhas, com fitas azuis; e véus. A praça se animava. Enchia. Até que não havia mais canto e as pessoas que vinham ainda pelas ruas não tinham outra solução senão ficarem distantes. Gente subia ao palanque. Moleques nas árvores. Eletricistas experimentavam alto-falantes. Camila junto de mim. E enquanto o cântico começava junto ao palanque eu tirava a roupa. A minha e a de Camila. E nos deitamos, a fazer. Quando terminamos (e ela tinha lágrimas, porque sempre que fazíamos ela parecia chorar) fomos para a janela. Um padre falava, rouco, os alto-falantes eram ruins, não se entendia nada. Houve novo cântico. Uma voz pausada soou na praça. Os alto-falantes funcionaram e a voz chamava para o terço em conjunto. "A família que reza unida permanece unida! Oremos irmãos para que o nosso Brasil seja salvo. Somente as preces farão com que Deus nosso Senhor nos ouça e nos dê forças, a fim de que aniquilemos o ultraje de nossa pátria, entregue aos vendilhões." Houve um silêncio. A voz de uma velha rompeu o ar da tarde que parecia cristalizado. "Em nome do Pai, do Filho e do Espírito Santo. O primeiro mistério..." Eles responderam. Uma só voz. Camila encostou-se a mim. Macia. Passei a mão em suas coxas, subi. Ela me tranqüilizava. Ouvimos as vozes. Terminaram de rezar. "E marcharemos com Deus, pela pátria e pela família. Pela salvação deste nosso Brasil. Para que nossos filhos tenham moral. O comunismo não vencerá. Estamos alertas para arrancá-lo do seio desta Nação, que é democrática e livre. Não seremos escravos do jugo vermelho. Marchemos, irmãos. Santamente. Em conjunto." Abraçando-a, eu sentia o gozo vir, e me apertava a Camila, que virava a cabeça para me beijar.

"vou por aí,
esquecendo que você passou,
me lembrando coisas que perdi,
sem saber onde estou"

Davi quer ir ao Snobar, não sai de minha mesa, mexe nos papéis. Mistura apontamentos que levei mais de hora para colocar em ordem e começar a escrever. "Faz rascunho, como um colegial", diz, ao me ver tirar da máquina outra lauda, corrigir, rasgar, colocar nova folha. Me mandaram escrever todo o material, dando o máximo de documentação, e levar diretamente ao diretor-presidente.

Davi lê as anotações. Diz: "tira uma cópia disso tudo que é interessante; peça ao Rui para fazer as fotos em duplicata; não entregue de mão beijada, não."

— Como de mão beijada?

— Isso é fogo. Você sabe. Viu quem está metido? Tem até um financiador do jornal.

— Furou minha matéria.

— Bidu.

— Por isso me mandaram de volta?

— Claro. E vão usar essas reportagens para segurar a casa e manter dinheiro vivo.

— É. Entrei. Não faz mal. Se é assim, também quero minha parte.

— Sua parte? É pau na bunda. Deixa de ser bobo!

— Tenho minha parte. Mato nas diárias. Não vai ter nem graça. Um pelo outro, minha viagem vai sair bem barata.

Escrevi até tarde. O pessoal se debruçava nos rádios. "O pau come. Olha o sucesso do comício. Não demora muito. Vamos ganhar esta. Fácil. Quero comer o saco de muito reacionário por aí."

"vou por aí,
num caminho que não é o meu,
encontrando o que não quero ter,
procurando o que não vou achar."

E então:

CHEFE DE POLÍCIA DECRETA PRONTIDÃO EM SÃO PAULO
Medida preventiva devido ao comício das reformas na Guanabara

CARAVANA DA REFORMA: DESAPROPRIAÇÕES
PRIMEIRO TREM SAI HOJE   DECRETO SAI
DE SÃO PAULO   AMANHÃ

JANGO: COMÍCIO NÃO AMEAÇA
O POVO: FOME SIM

EXÉRCITO E POVO
UNIDOS: COMÍCIO
PELAS REFORMAS

MINAS: POVO REAGE
CONTRA NOVAS BADER-
NAS DO IBAD

ENCAMPADAS AS REFINARIAS – SAIU O DECRETO DA SUPRA

22 MIL ACLAMAM
AS REFORMAS

*SUPRA pede tropas
federais para proteger
camponeses*

Uma tropa de choque da Força Pública e
quinze investigadores do Dops provocaram

ontem à noite pânico na Praça da Sé, quando passaram a usar seus cassetetes impedindo agrupamentos naquele local. Aqueles que se localizavam junto aos alto-falantes das rádios para ouvir a irradiação do comício foram espancados. Os alto-falantes foram arrancados dos postes.

"por isso ando,
falo,
sem sequer saber onde vou"

Beijava-lhe a boca, o rosto, escondia o rosto em seu peito. Gostava tanto dela que queria vê-la feliz um minuto. "Quer se casar comigo?" Não me importava um pingo se desse certo, se durasse um mês, um dia. Nem mais pensava que casamento seria chatice e que minha vida poderia estacionar um pouco com ele. Sentia apenas que Camila ficava contente. Ia ser na igreja, no civil, com padrinhos, alianças. Via seus olhos brilharem e ficava contente também. Ela estava feliz. Duas horas feliz, três dias, uma semana. Eu sentia que estava dando esta felicidade a ela; bastava isso. Depois, podia vir mesmo uma vida inteira de desgraça. Porém, eu sei que não viria. Porque há dentro de mim, sempre e mais e mais, a capacidade de amar muito, intensamente. Sempre odiei estes períodos vagos e desesperantes em que fico seco por dentro. Prefiro a tranqüilidade dessas grandes paixões, a incerteza do que vai ser amanhã, porque assim minha vida se enche, mais e mais, e eu pulso, sinto sangue, músculos, células, dor e alegria e choro e riso e prazer e outra vez dor, tudo misturado. Não me sinto uma planície sem cor.

"acabou-se o nosso carnaval;
ninguém ouve cantar canções;
ninguém passa mais brincando feliz"

A água fervia, os feijões pulavam dentro do caldeirão. Pretos. Caroços pretos. Depois minha mãe levantava o caldeirão, os feijões paravam. Temperava e punha no fogo, eles pulavam outra vez. Assim as cabeças do povo. Juntas, comprimidas através da Barão de Itapetininga. Imóveis nas cópias diretas das fotografias que se espalham sobre a mesa. O chefe de reportagem espalhou tudo, mais de trezentas fotografias. Eu me debruço, a olhar uma por uma. Movimentando rápido, fica a impressão de que aquela gente está andando. Eles andaram. Começaram às quatro horas na praça da República, quando passei em direção ao jornal. O povo teve feriado. O comércio cerrou as portas. Funcionários públicos deixaram as repartições. Desde as primeiras horas da tarde eles desceram para o centro. Comprimiram-se nas calçadas para ver a marcha passar; não tomaram parte. A marcha era a folga. Os homens riam e observavam os moleques que penetravam entre os magotes de mulheres e iam se aproveitando, as mãos soltas pelas coxas e traseiros; alguns traseiros e coxas virgens do toque-homem. E elas vibravam mais intensamente. Ao toque macho e à excitação da marcha. Mais tarde voltariam para suas casas e sonhariam com novas e contínuas manifestações. As mulheres. Tantas como nunca se pensou existir em São Paulo. Se agrupavam em filas, em grupos, aos borbotões, davam as mãos, formavam alas, umas com as mãos nas costas das outras. Distribuíam folhetos. Mulheres: altas, baixas, feias, gordas, magras, de óculos, sem dentes, pretas, brancas, bem vestidas, com uniformes de associações, moças, velhas, maduras, balzaquianas, em sapatos da Augusta, sapatos de plástico, sandálias, chinelos, cabelos tratados, cabelos oleosos, cabelos sujos. A distribuir folhetos, a erguer cartazes, estandartes, dísticos, flâmulas, bandeiras, terços. Aí estão, fixados nos contatos. Há rostos contorcidos, bocas abertas em gritos: *Um, dois, três! Brizola no xadrez!* Falas, chamadas, cânticos, berros, histeria: *E, se sobrar lugar, põe também o João Goulart*. Dor. Alegria. Uma desossada, morena, de lábios chupados, olhar falta-de-homem, pernas finas e tortas, leva o cartaz em cartolina: SE NECESSÁRIO DEFENDEREMOS NOSSA LIBERDADE A BALA. E padres, de braços com outros padres; e as mais lindas meninas de São Paulo, de braços com outras meninas mais lindas; e deputados, de braços com outros deputados, e industriais, de braços com outros industriais; e comerciantes, de braços com outros comerciantes; e vereadores, de braços com outros vereadores; os dignitários, de braços com outros digniatários; unidos, apertados, num amplo e histórico e homossexual abraço. Caminhando. Viaduto do Chá, Patriarca, Direita, Sé. O povo se comprime nas calçadas e olha. E há fotografias cheias de pequenas manchas brancas: papel picado descendo dos edifícios: cavaleiros: dragões da Força Pública tocando clarins. Mulheres sorrindo; trintona comandando a ala das faixas: ACORDA, POVO. CONSPIRAM CONTRA A TUA PÁTRIA. E o capacete de 32, a faixa no braço, as condecorações, revolucionário segurando o cartão: RESPEITO À CONSTITUIÇÃO OU *IMPEACH-MENT*. A massa. Os feijões saltando; parados no caldeirão fora do fogo. A Sé. Povo nos abrigos de ônibus; sobre os abrigos, nas árvores, nas janelas dos prédios. Na catedral, eles falaram. E a foto mostra o padre de braços erguidos, terço na mão e uma grande mancha de suor nas axilas. Uma só massa. Na marcha. As mulheres grisalhas, as meninas jovem-guarda, as operárias Filhas de Maria. Com Deus. Na escada, eles falam. E as fotos se espalham. Todos ali. Os de 32, de 30, de 24. Constituintes. Ligas de Senhoras. Associações. Fascistas da época dos galinhas-verdes. Capitães de indústria, contritos. Pela Pátria. Solenes, sérios, sisudos, carregados. Pela Família. Tropas da Força Pública, da Guarda Civil, do II Exército, da Polícia Militar espalhadas. Pela liberdade.

— Essa marcha foi foda, não?

— Já entramos bem, disse Bernardo.

— Bem?

— O negócio está virando. Sabe qual é a ordem?

— Não.

— Vamos ter que abrir primeira página inteirinha!

— Inteirinha?

— Ordem lá de cima.

— Esse diretor é um cagão. Só porque o negócio aperta vai dando sua arranjadinha.

— Veio pedido. Que pedido, ordem!

— Ordem de quem?

— Agências de publicidade. Quase todas. Quem é que você pensa que vem organizando isso tudo? A turma daqui?

— Sei lá.

"e nos corações
saudades e cinzas foi o que
restou;
pelas ruas o que se vê; é
é uma gente que nem se vê;
que nem sorri;
se beija; se abraça"

As vinte e oito manchetes:

1 – SUPRA DESAPROPRIA TERRAS
2 – MENSAGEM DE JANGO AO CONGRESSO: REFORMA DA CONSTITUIÇÃO
3 – OPOSIÇÃO QUER DERRUBAR JANGO ANTES DAS REFORMAS
4 – METRALHADA A FACULDADE DE DIREITO DO LARGO DE SÃO FRANCISCO
5 – FACULDADE OCUPADA
6 – AS SENHORAS PAULISTAS VÃO À RUA
7 – AÇÃO CATÓLICA CONDENA EXPLORAÇÃO DA FÉ E RENOVA APOIO ÀS REFORMAS
8 – SARGENTOS ENVOLVIDOS NO LEVANTE DE BRASÍLIA FORAM CONDENADOS A 4 ANOS
9 – JUREMA EM SÃO PAULO DEFENDE A LEGALIDADE
10 – ADEMAR EM PORTO ALEGRE: JANGO NÃO ESTARÁ NO GOVERNO EM 65.
11 – CHEGOU A VEZ DOS REMÉDIOS: GOVERNO QUER RELAÇÃO DOS PREÇOS
12 – DOM JORGE: IGREJA ESTÁ COM AS REFORMAS
13 – TRÊS MIL MARUJOS SUBLEVADOS NÃO ACATAM ORDEM DE PRISÃO
14 – TENSÃO NO PAÍS COM A CRISE DA MARINHA
15 – ALERTA NO CGT: GREVE CONTRA PERSEGUIÇÕES
16 – ESTUDANTES PAULISTAS FARÃO PASSEATA PELAS REFORMAS
17 – LIBERTADOS OS MARUJOS: JANGO DOMINOU CRISE
18 – GOLPISTAS EXPLORAM A CRISE DA MARINHA
19 – MINAS EM PÉ DE GUERRA

20 – ADEMAR: QUEM TIVER ARMAS QUE ME MANDE
21 – JG AOS SARGENTOS: MEU CRIME É DEFENDER O POVO
22 – TRAMA GOLPISTA CONTRA GOULART ESTÁ EM MARCHA
23 – BANCOS FECHADOS EM TODO O PAÍS
24 – MINAS: INTERDITADOS POSTOS E DEPÓSITOS DE GASO-
LINA – EXÉRCITO MARCHA CONTRA A GB
25 – PARANÁ EM ARMAS
26 – TANQUES NAS RUAS DO RIO
27 – CENSURA ESTADUAL NOS RÁDIOS E TV
28 – JANGO CAIU

"e no entanto é preciso cantar;
mais do que nunca é preciso cantar;
é preciso cantar e alegrar a cidade"

Todos, ou quase todos, nessa tarde tinham seus rádios liga-
dos e ouviam a rede da democracia, e seus corações de funcionários, de comerciários, escriturários, serventes, empregados de
serviços públicos, contínuos, chefes de seção, publicitários, balconistas, seguiam atentos o tom solene, histérico ou cínico dos
locutores que as rádios e televisões tinham colocado para ler os
noticiários. Seus corações se alegravam à medida que tomavam
consciência, pelo rádio e a televisão, de que o exército da democracia estava vencendo, desbaratando as hordas vermelhas que
ameaçaram o País. E picavam o papel, lentamente, com espátu-
las, tesouras e giletes, em tamanhos iguais, sistemáticos, metódi-
cos, papéis para serem jogados à rua, no momento exato em que
as emissoras, pela rede da democracia, anunciassem a vitória
definitiva, final, irreversível, vitória de Deus, da família, da justiça e da liberdade, a vitória deles e do povo e de todos. As jane-

las, as milhares de janelas de São Paulo se abriam para o céu cinza do inverno que começava; um céu acachapante, caindo sobre as pessoas e edifícios. E o povo nas ruas caminhava. Comprava. Tomava cafés. Ia ao cinema. Trabalhava. Ficava nas esquinas. Bebia nos bares. Sentava nos bancos das praças. Ouvia os rádios. Era como se houvesse um grande acontecimento festivo. Apenas. Pois as pessoas passavam com os transistores aos ouvidos; enquanto outros paravam diante das grandes lojas de eletrodomésticos, vendo as televisões ligadas, e ouvindo os rádios, e passando para a frente as informações, e depois seguindo, calmamente. Corações de funcionários, comerciários, bancários, escriturários, serventes, secretárias, chefes de seção, contínuos, publicitários, balconistas, corretores, agentes imobiliários, especuladores, caixas, vendedores, representantes, seguiam atentos as palavras. E também os outros. Aqueles que já sabiam. Antes de todos. Nem precisavam rádios ou informações. Aguardavam tranqüilos, por trás de suas mesas. Em escritórios de vigésimo andar, tapetes macios, ditafones, secretárias esperando nas alas contíguas. Alguns descortinavam a visão da cidade, orgulhosos do São Paulo trabalhador e infatigável. Alguns podiam ver a linha das chaminés para lá na altura da Mooca, Brás, Ipiranga, Vila Prudente, Via Anchieta. Houvera 32 e 32 anos depois, 64. Olhavam e sorriam. Não estavam mais ameaçados. Preservados, intocáveis. A cidade continuaria. O estado crescendo; as fábricas; quantas fábricas mais. Sem perigo. Valia a pena. Não estavam sós. Compartilhavam com o povo a grande vitória. Tinham-na dado ao povo. E o povo acreditara. Um povo que acredita é uma coisa muito importante. Pode-se ficar calmo quando se diz coisas e o povo acredita. Às vezes é preciso atendê-lo em seus pedidos. Ainda que fazendo ver que coisa tem seu dono perpétuo e imutável; proprietários por vontade de Deus. Assim nunca tentarão tomar aquilo que não é seu. Sorriem. Os homens dos escritórios no alto sorriem confortados.

E, no jornal, esperávamos. Sabíamos deles. Dias antes, diante da Faculdade de Direito, tinham agido. Ao seu modo, à sua maneira. Quando Pinheiro Neto chegara para falar. Com a polícia por trás. De repente, surgiram os canos de ferro e os revólveres; e o massacre começou; a polícia imóvel, não se mexia, contemplava, enquanto o bando do Quarteirão, reconhecível pelo esparadrapo que seus membros colocavam nas costas da mão, descia com furor e ódio sobre estudantes e populares; espancando, quebrando braços, pernas, cabeças, tentando ocupar as Arcadas. Enquanto os estudantes tinham recuado, fechado as portas; e se armavam com pedaços de cadeiras, mesas, ferros, o que se encontrasse. Resistiram. As grandes e solenes mesas honoríficas, as velhas cadeiras onde tinham passado reitores, governadores, presidentes, em segundos se transformavam num monte de paus, com o qual cada um se armava para tentar se defender. As rajadas de metralhadoras comeram a fachada do edifício, destruindo vidros. E os estudantes ali permaneceram, por dias, enquanto na televisão o governador e seus auxiliares diziam: "foram os trabalhadores que metralharam os estudantes". Tinham prometido. Viriam, um dia, ao jornal. Estava dentro deles. Nem ódio era. E sim a certeza de missão a ser cumprida. Tinham avisado.

"a tristeza que a gente tem;
qualquer dia vai se acabar;
todos vão sorrir"

Agora, comemoravam sua vitória com a passeata pelas ruas da cidade. Vencedores, sorridentes, bravos: os democratas. Varriam as ruas, ansiosos, rápidos, debaixo da chuva que caía do alto, a chuva que o povo fazia para eles. Chuva branca, milhares de pedaços de papéis recortados. Recortados, pacientemente, pelos milhares e milhares de empregados de escritórios; recortados durante a tarde toda, enquanto o trabalho parava, e nada mais importava. Marchavam. Seriam uns trezentos ou quatrocentos. A marcha, antecipada, da vitória. Orgulhosos, ostentando sorrisos e força e desprezo por tudo o mais. As cabeças erguidas, os braços no alto, empunhando cartazes: "a democracia está salva". "fora os vermelhos", "não queremos que o Brasil seja uma nova Cuba", "abaixo João Goulart", "a terra é dos seus donos", "reformas com a Constituição". Cabeças erguidas, os vastos cabelos em desalinho, as faces cheias de alegria. A alegria-ódio-vitória, brilhando. Estavam salvos. E atrás deles a polícia. Não para espancá-los, dissolvê-los a cacetetes, com os *brucutus*, com água. Para protegê-los. A Guarda Civil, a Força Pública. A guardar os meninos que brincavam de marcha da vitória. Eu descia, mesmo ao lado deles. Olhava com a curiosidade que se tem no Zoológico. Eram bichos raros. Os meninos (não a polícia) traziam revólveres, metralhadoras, canos de chumbo e *winchester* à mão. Pois que eram os donos, e caminhavam pela cidade, como se a tivessem tomado. Como uma horda imensa que súbito tivesse se abatido sobre uma aldeia, vila, vilota indefesa, e tomando conta, e fossem seus donos, únicos possuidores. Na verdade eram. Caminhavam entre prédios que eram escritórios de seus pais; pisavam o asfalto colocado pelas companhias de seus pais; olhavam os edifícios construídos pelos seus pais; acenavam aos comerciários e balconistas das lojas de seus pais; e hoje, na cidade, tudo lhes pertencia; desde as empresas de táxi, de coletivos, até a cidade em si, caída, o povo aos seus pés, pés de bravos guerreiros, valentes, audazes, sem temor; que tinham conquistado, sem um tiro, a democracia; a democracia deles. Por isso caminham altivos, satisfeitos consigo mesmos.

E, na marcha, recebiam aplausos. E adesões. O povo engrossava as fileiras e seguia com eles. Para um destino qualquer, ignorado, da mesma forma como ignoravam o que acontecia no País. Seguiam, do mesmo modo que o boi segue para o funil, onde receberá a estocada. E cantavam. O Hino Nacional, a peitos abertos, subia dos pulmões, das bocas abertas, onde o vapor saía junto às palavras e subia dentro da tarde fria, para o alto, para o cume dos edifícios, e cobria a cidade. E do alto dos edifícios vinha a chuva de papel; a orgia da vitória, o papel picado que rebrilhava e caía sobre o bando do quarteirão, sobre o povo que marchava, sobre as bandeiras e cartazes. E nem tinha sido vitória ainda. Marchavam enquanto os rádios proclamavam a renúncia do presidente. Não ouviam mais nada; não ouviam os desmentidos desesperados da Agência Nacional, ou a rede da liberdade. Explodiam de contentamento. A passeata desceu pela Consolação, Xavier de Toledo, ia em direção ao QG do II Exército para ovacionar o general que decidira a vitória, colocando São Paulo contra a Presidência. Em frente ao Municipal, pararam. As ruas cercadas, os caminhões verde-oliva, escuros, fechavam todas as saídas para a Conselheiro Crispiniano; e os PE, metralhadoras às mãos, os olhares mortiços debaixo dos capacetes verde-claros, aguardavam. Imóveis, determinados: a enfrentar a turba, nem amiga, nem inimiga; simplesmente a turba que ali interrompera; e que para eles, PE, nada significava; tinham somente ordens de desviar a passeata; e ali se postavam, armas à mão, para cumprir a ordem. Os "cabeleiras" e o povo que os seguia hesitaram; olharam em volta; descia ainda do alto o papel picado, e os vivas. No relógio do Mappin: 17h30. Nas calçadas, curiosos olhavam, sorridentes. Decidiram, dobraram à direita, atravessaram o Viaduto do Chá. Segui para o jornal, o fotógrafo acompanhou o grupo.

"chora; mas chora rindo; porque é valente e nunca se deixa quebrar"

Estamos perdidos. Há muito tempo. Mas agora é o limite: um fim que eu não esperava. Não me meti nisto e tenho que sofrer. Podia sair por esta porta, deixar as coisas acontecerem. Mas não é fácil. Nós todos estamos assustados. Vejo em cada rosto. Há uma palidez generalizada. Vão acabar com a gente. Marcos sobe correndo a escada. Não trabalha aqui, há muito tempo. Foi demitido. E veio. Revólver à cinta. Marcos sempre usou revólver e tem coleção de armas. A turma o gozava por nunca ter dado tiros com a automática que jamais deixa a cinta. Agora vai poder usá-la: finalmente, usá-la com a fúria necessária. Não sinto pena de mim mesmo. Não sinto mais. Somente este medo que está dentro. Isto é, que faz o pavor: a espera. Marcos sorri. Ele é quem trouxe a notícia de que eles viriam: os grupos do Mackenzie, o bando do Quarteirão. Marcos conhece a garotada e sabe que eles estão dispostos a empastelar. Fizemos uma votação, no meio da redação, para saber se a gente deveria esperar ou ir embora. Todo mundo estava sobressaltado. Contei que a passeata tinha se desviado no Viaduto. Mas viriam ao jornal depois de depredar a Faculdade de Direito. Votaram. Teve cara que nem a voz saía. Uma meia dúzia se mandou rapidamente. Combinou-se: as mulheres sairiam. Celina, a repórter magrinha, e a colunista social fizeram pé firme. Não iriam. Marcos levou-as, à força, para um táxi.

"Machões. Todo mundo dando uma de machão. Vai ser gozado. Eles vão tirar um sarro!" Marcos sorri. Ao lado de Nélson e Daniel estudam as janelas do fundo. Comentam a fuga espetacular do Gatto, na telefônica. Não há saídas. Estamos no segundo andar e o fundo é um paredão de trinta metros, liso. Sabemos o que vai acontecer se eles entrarem. Estão descendo a porta de ferro. O barulho me agita. É rasgante, provoca um arrepio. Deixam aberta a portinhola. Se eles quiserem entrar, terá de ser por ali.

Um a um. Da escada, Marcos e Nélson olham. Estendem o braço, formando uma linha de tiro. A linha se estende direta ao centro da portinhola. Não será fácil entrar. Muita gente vai ficar aqui. Num canto, um grupo se reuniu e canta baixinho. Jaime anda de um lado para outro e seus olhos cresceram. Chega-se a mim e murmura: "será que vamos morrer?" Bernardo desceu três vezes e subiu com um copo de café: "só isso me acalma". Nos últimos tempos ele anda estanho, não está dando certo com Annuska, manequim loira que vive com ele. Eu me lembro da greve dos jornalistas em 61. E de como ficamos na porta do *Diários*, debaixo do jato gelado dos *brucutus*. O tremor que me deu no corpo no momento em que os *brucutus* cinza, enormes, espaciais, com as luzes vermelhas piscando, monstros de ficção científica, entraram na rua. Depois a calma, quando a água gelada, cheia de areia que machucava, saiu em jatos fortes. Agora penso e tenho quase certeza de que ficarei calmo no instante em que eles chegarem lá embaixo: então terminará o nervosismo. "Sabe que já fui cinco vezes à privada? Nunca pensei que me fosse dar isso", diz João Paulo, setorista do Aeroporto. Um cara passa por mim voando, é o chefe da redação, um alto, magro, de óculos, e me diz qualquer coisa que não entendo. Além de estar todo trêmulo, ele é português e sua fala saiu engrolada. Sempre foi fascista e apesar disso, agora, está dominado pela cagüira e agita as mãos como bailarino. Marcos reúne-se a um grupo sentado na escada. Ouvem-se o Maia, cara magrelinho que fala sem parar. Ninguém consegue interromper. Conta os perigos que já passou fazendo reportagens pelo Brasil. Chega a babar e a turma goza. Os olhos de Maia são os de um cara inteiramente fora de si. Nélson continua a examinar cada canto, cuidadosamente. Olha atrás de bancos, armários, plantas. Não sei o que quer. Estão levando o Marques, que faz cobertura da Prefeitura. Ficou com a urina solta e começou a chorar. Olho para mim mesmo. Não sou forte, nem corajoso. A barriga aperta. Não é dor. Ela se contrai. Talvez pavor seja isso. No entanto, estou quase contente de estar aqui. Sempre quis viver experiências e aventuras. E aventura pode ser isso. Há um grupo armado aqui dentro. Pronto a atirar. Ele me deixa mais calmo. Procuro Marcos com o olhar. É uma espécie de vaga tranqüilidade. O chefe de redação termina não escondendo o seu pavor, se atira pela escada abaixo, atravessa a portinhola, ganha a rua. Da janela, aqui em cima, eu vejo. Anda, olha para trás, volta uns passos, pára. O grupo de fotógrafos e repórteres de todos os jornais e revistas ali está para fotografar e documentar (talvez eu possa sair numa foto, no meio da briga, ao abater ou ser abatido). Ao menos saberão. Os outros saberão, através desse grupo, que não fugimos. Posso ter fingido muito tempo, mas devo isto ao jornal: ele me deixou fingir. Penso em legendas, heróis, super-homens, mártires. Não é nada disso. Falta um sentido às palavras e aos fatos. Falta sentido em tudo que está acontecendo. Até mesmo em estarmos aqui dentro. Súbito eu me distancio e isto é o passado. Porém, o presente, um passado presente. Eu podia estar calmo, quieto, longe, ter criado família, ser um pacato funcionário a sustentar meu lar. Tenho vinte e oito anos e isto já é ser homem. Não faz mal que eu esteja borrando a calça. E estou contente de fazer o que fiz; o que faço. Enquanto ando nestes corredores, e olho pelas janelas do fundo, sinto que estou sendo homem e há uma verdade dentro disto aqui. Pode ter havido prostituição. Mas não exatamente por culpa nossa. Me faço de sério. Essa gente toda está cagando de medo. Por que ficam? Pode ser a espera. Nem dez minutos se passaram. Se eu viver, talvez mude. Me importa viver, puxa como me importa. Tem gente pronta a se sacrificar. Eu não estou. Talvez, nem eles. Todavia há um pouco de sinceridade em cada um e não acredito que nesta hora estejam posando. Olho o muro atrás do pátio. Impossível de ser escalado. É liso. Cimentado. Engraçado, sempre senti este muro à minha frente. Percebia que ele existia diante de minha vida e que havia uma série de coisas vedadas a mim. Ou aos que me cercavam. Mas havia uma forma de removê-lo. Por isso estávamos aqui. Eles construíram este muro. Para nos tapar. Tentar escalá-lo é romper as mãos, perder as unhas, sangrar. Nos fecharam. Acabaram de solidificá-lo. Os tiros, o barulho impressionante dos que arremetem contra a porta de aço. Estamos à espera para ouvir isto. E atrás, o paredão de tijolos nus.

"que marchas tão lindas;
e o povo cantando;
seu canto de paz;"

Fernando me apanhou na praça. "Vem comigo." Subimos vinte e três andares, ele apertou a campainha. Demoraram a atender, o visor da porta abriu e fechou. Umas nove pessoas ao redor da mesa, uma empregada servindo arroz e bife. "Vão comer?" Sacudi a cabeça, dizendo que não. Raquel veio do quarto, morena de nariz arrebitado para cima: dizem que grande mulher na cama.

– Já estão prendendo gente a torto e direito.

– Na Cinemateca andaram perguntando.

– E no jornal?

– Está fechado.

– Desde o dia primeiro?

– Desde.

– Dizem que o Dops tem uma lista enorme. Não vai escapar ninguém. Limpeza completa.

– A gente está se organizando. Você topa?

– Topa o quê?

– Distribuir folhetos.

– Não é besteira, nesta altura, sair a distribuir folhetos?

– A gente não pode ficar parado.

– E fazer o quê, agora? Está todo o Exército, Dops, Polícia, todo mundo de orelha em pé. Quem quer ser herói?

– Os intelectuais se reuniram. Vão lançar manifesto.

– O Partido também.

– E nós vamos soltar folhetos?

– Pela cidade inteira.

– Olha, vocês vão soltar folhetos na puta que os pariu!

– A turma do jornal tem alguma organização?

– Não se encontra ninguém do jornal. Todo mundo está se mandando. Primeiro lugar onde bateram foi no jornal.

– Fechou?

– Mais ou menos. Tem uns cinqüenta guardas com metralhadoras em frente. Vai tentar entrar, pra ver!

– À noite vamos nos encontrar em casa do Franco. Dez e meia. Aparece com os que você puder catar.

Desço sozinho. Paro na praça, vejo eles saírem aos poucos. Cada um tem um ar conspirador. Um feliz ar de conspirador. Bernardo hoje pela manhã passou em casa. Quer saber se vou com eles. "Não é por nada não! O negócio anda fervendo e a gente pode entrar bem numa dessas batidas. Não custa se esconder por uns dias, até esfriar o ambiente. Depois volta para ver como ficou a bagunça. Neste momento, a bagunça é geral e a polícia nem sabe quem caça e por quê. Uma turma vai pra uma fazenda, se quiser vem. Sei que você vem, Camila está com a gente. Era do grêmio da faculdade que foi invadido e arrasado." Eles vão sair hoje à noite, uns de ônibus, outros de trem. Bernardo vai de carro, aproveito, está sobrando lugar. Umas feriazinhas assim encaixam bem no esquema. Afinal, pensei que tudo ia ser pior. Desde aquele dia no jornal não acredito muito no pior. Ficamos lá, angustiados a esperar a turma que vinha decidida a empastelar. Depois caiu a noite, o movimento frente ao jornal não se alterou, as filas encheram as calçadas; o pessoal tranqüilamente tomava os ônibus e voltava a casa. Os repórteres foram desistindo, o único guarda-civil que ali ficara acabou indo embora também. Pelas nove horas, uma tropa de choque da Força Pública ocupou a calçada, entrou um tenente, pediu para não ficar ninguém no jornal. Fomos saindo, fecharam as portas, entregaram a chave ao tenente. E os soldados lá ficaram, de metralhadoras à mão. Terminamos a noite numa suruba, na casa de Mônica, com as meninas do inferninho *Vogue*.

"finda a tempestade,
o sol nascerá;
finda esta saudade;
hei de ter outro alguém para amar"

Tínhamos nos encontrado na cidade, em Rio Claro. Uma cidade morta à meia-noite. Na estação, como fora combinado. Nos apertamos no carro, Bernardo levou todo mundo. Em dois grupos. Foi e voltou. A casa da fazenda era enorme, com uma grande área na frente; os quartos todos no andar de cima, cheirando a mofo, coisas fechadas. A luz elétrica foi ligada só no dia seguinte, quando apareceu o administrador. Conversaram uma meia hora na porta. Depois o homem se foi. As meninas levaram a lataria e as garrafas para a cozinha, começaram a fazer arrumação. Estávamos mortos de cansaço, de nervosismo. A maioria acordou pelas duas da tarde. Deram umas voltas, debaixo da garoa fina que começara pela madrugada. Em volta, viam-se colinas e campo, mato fechado, currais, cercas de arame farpado, construções baixas de tijolo, casas de madeira. Na segunda noite, eles saíram. Bernardo foi até a casa do administrador. O resto foi até à cidade em seu carro. Fiquei com Camila. No início da noite, a força acabou, quando a chuva retornou. Não estava de todo escuro, mas era sombria a sala e nós sozinhos e os trovões e raios. A noite desceu, procuramos uma vela, não achamos. Ficamos deitados no sofá, abraçados. O administrador veio, enrolado num poncho, para trazer o lampião de querosene. Deixou na mesa, saiu. Começou a fazer frio. Olhamos a chama esverdeada, enquanto um cheiro de querosene queimado invadiu a sala. Camila iniciou um jogo de paciência. Depois tirou sorte. Três vezes o ás negro de espadas. "Morte", repetiu.

– Vai acontecer alguma coisa.

– Bobagem.

– Já deu certo com uma amiga. Ana Maria.

– Ora, que besteira!

– Deu mesmo. Eu vi.

– Viu? O quê?

– Uma tarde, a gente jogava buraco e começamos a tirar sorte. Ana Maria achou engraçado, foi tirar também. Todas as vezes, saía carta alta de espadas. Tirou o ás quatro vezes; riu.

– E daí?

– Morreu dois meses mais tarde, num desastre de automóvel. Seu carro espatifou-se contra um caminhão.

– Coincidência.

– Que nada! Foi a sorte.

– Ora...

– Foi mesmo.

O lampião iluminava as cartas. O braço de Camila arrepiadinho de frio. O braço, o corpo; gosto de estar ao seu lado. De repente, me senti só no mundo.

– Me deixa tirar uma carta.

– Corta o maço em três, depois vira.

Cortei. Três pedaços quase iguais. 9 de ouros. 7 de ouros. 3 de copas.

– Muito dinheiro. Dinheiro mais ou menos. Pouco amor.

– Deixa eu fazer de novo.

Ela embaralhou. Estendeu na mesa, puxa, as cartas se espalharam em escada.

– Tira quatro.

8 de ouros. 9 de paus. Rainha de copas. 9 de copas.

– Dinheiro bom. Bons negócios. Amor ótimo.

Achei engraçado.

– Vamos inventar uma nova forma – disse ela.

– Como?

– Treze é o número do azar; ou da sorte. Vamos embaralhar e dar treze cartas para cada um.

Viramos as cartas. Seu rosto mudou um pouco, quase imperceptivelmente, quando ela viu os naipes.

– O que deu?

– Eu disse. Vai acontecer alguma coisa.

– Deixa eu ver.

Os dois ases de espadas. Cinco cartas de espadas. Nenhuma de amor.

– Melhor a gente achar outra coisa para fazer.

– Não adianta. Agora fico pensando.

– Vamos tirar uma última vez. Esta é pra valer.

– Vamos.

– Mas diferente. Jogamos as cartas para cima, as que caírem viradas é que valem.

Ela atirou o baralho duas vezes, até que um montinho de cartas virou. Apanhou. Apenas duas cartas ruins, um quatro e um seis de espadas. Sorriu e me exibiu o rei de copas.

– A maior do amor para mulher.

"Podem me bater,
podem me prender;
podem até deixar-me sem comer;
que eu não mudo de opinião."

Queriam ir embora. Principalmente Bernardo. Estava bom, mas eles achavam que não. Uma inquietação estranha no ar. Queriam notícias.

– Cheguei a uma conclusão – disse Bernardo ontem à noite. – Estou sendo um belo de um covarde. Acho que todos nós.

– Por que covarde? Só por que nos escondemos aqui? O que é que há? Deu a louca de repente? Complexo de culpa?

Vera, uma que estuda Ciências Sociais, está sempre do lado dele. Gosta de Bernardo há muito tempo, mas ele não liga, por causa da manequim, pois é gamadíssimo. É até engraçada a união dos dois, ela bacanona, bem vestida, aparecendo em todas as revistas e jornais, circulando pela noite, e ele sempre solto nos ternos baratos, sempre com barba de um dia, muito magro. E ainda tem Vera a gostar. Ela deve se sentir menos sozinha e com mais confiança.

– Covarde! É a pura verdade! Estourou a coisa e nos mandamos. Nem procuramos saber se havia gente precisando de nossa ajuda.

– Se havia, nunca iríamos saber. Todo mundo estava escondido.

– Depois, a gente ficar lá e ser preso era uma bobagem. É muito mais útil pra todo mundo que alguns fiquem soltos.

– E quem garante que não?

Todas as conversas de ontem para hoje são o mesmo assunto. Bernardo põe lenha na fogueira e eles estão aderindo. Eu não quero ir. Não por medo, mas porque é gostoso aqui e Camila está numa fase ótima. Não sei quanto tempo isto vai durar. Luciano hoje de manhã se deitou no chão da varanda e ficou.

– Saio daqui e vou começar a arrebentar tudo, dizia.

– Agora vai arrebentar? Por que não arrebentou antes? E como é que vai arrebentar? – indagou Bernardo.

– Com bombas Molotov. Volto pra São Paulo e começo a fabricação. Sei de um cara que tem uma adega de Molotov. Mais de duzentas.

– E depois?

– Depois o quê?

– Você vai arrebentando, arrebentando. Arrebentando o quê?
Bernardo estava irritado, a chuva caía.

– Arrebento o palácio do governo, os jornais, as igrejas, as estações, as repartições, os quartéis, as privadas públicas, o Redondo.

– E daí?

– Continuo arrebentando até me arrebentarem.

– E isso leva ao quê?

– Ao cu da tua mãe, pra não ficar me enchendo. Eu não sei ao que leva, mas preciso arrebentar. Você agora fica aí de pai, mas era o cara mais alienado. Vê se não enche.

– Era, mas as coisas mudaram e mudam a gente.

– Ora, vai, vai...

Bernardo passou o dia resmungando, depois resolveu ir embora. "Não fico aqui mais um minuto. Passo na cidade, procuro notícias e volto para São Paulo." Depois teve uma idéia que teria sido uma merda para mim. "Caio – disse ele me apontando – bem que pode ir. É o menos marcado. Não está comprometido com nada. Olha o ambiente. E volta. Aí a gente toma a decisão: ficar ou ir de vez."

A chuva começava pesadamente e Luciano tentava acertar as pilhas do transistor que não funcionou. Já fora decidido. Eu me recusava a voltar. Tudo em São Paulo podia estar ainda funcionando na base do dedo e eu entrava numa fria à toa. Expliquei. Era besteira deixar um lugar seguro, se arriscar por nada. Não é bem por nós, é pelos outros. Precisamos saber. Unir, reorganizar, fazer uma resistência, eles diziam. Eu procurava o olhar de Camila, um gesto seu que me amparasse. Percebia uma vaga hostilidade. Parecia que eles estavam a pensar: afinal trouxemos este cara e, na hora que precisamos dele, caga pra trás. No entanto, há muita diferença entre sacrificar e precisar; e também não é justo fazer de alguém bode expiatório. Eles conheciam, tanto quanto eu, o perigo. Vera, a certa altura, disse-me que estávamos todos ficando bobos, dramatizando tudo. Que não havia nenhum perigo, era uma besteira, e se houvesse era melhor enfrentá-lo que ficar naquele buraco chuvoso e silencioso, imaginando e esperando.

"e se não tivesse o amor?
e se não tivesse esta dor?
e se não tivesse sofrer?
e se não tivesse chorar?
melhor era tudo se acabar."

Camila sentou-se na cama, mal via seu vulto. Acendeu a luz. Fraca, amarela, de abajur. O seu rosto branco, maldormido, ou dormido demais. Bocejou, sorriu, passou a mão em meu peito: "tive um sonho". Não se ouvia nada, a chuva tinha passado.

Não quero que me conte sonhos. Nunca se entende, são atrapalhados, a gente nunca sonha uma história inteira.

Deitou-se sobre mim. Um corpo quente. Naquela noite do cinema eu queria este corpo quente, esta pele branca, estes seios que cabem numa mão; agora; cheiro de folhas, mato, capim, penetrando agudamente através de paredes e vidros e portas e janelas e cercando a gente. Dia e noite. Levantei-me.

– Onde vai?

Começou com perguntas. Fazia perguntas, eu não respondia. Não tinha vontade de falar. Se fico quieto, quer saber por que estou quieto; se falo, ouve de olhos abertos, não comenta, não responde. Se me viro de costas, acha que é desprezo. Passei à sala. Cheguei à vidraça. Pingos caíam do telhado, céu pesado, chuva parou, parecia estiagem. Na varanda, ladrilhos molhados, o vento frio. Nenhum vento em folhas, ou água correndo com gluglu. Desci ao pátio, atravessei a calçada, o gramado, a cerca, entrei num atalho, no outro lado era um bosque cerrado. Tudo molhado em volta de mim. Batia nos arbustos, um chuveiro se desprendia, gotas se dependuravam nas farpas do arame de cerca; pingos caíam das árvores. Andei cem metros e tinha as calças molhadas até os joelhos. A água da vegetação rasteira. O pé úmido e a cabeça cheia de pingos. O cheiro era forte e vinha de todo aquele verde. Continuei, o atalho entrou por um caminho estreito entre o capim alto que se fechava à minha volta. Fui abrindo com as mãos e ouvia cacarejar de galinhas, e latidos, e ruídos de porcos focinhando em algum brejo. E tinha frio, no corpo todo, estava inteirinho molhado. Saio no descampado. A colônia dos empregados. Casas de tábua, madeiras semi-apodrecidas, erguidas sobre troncos à altura de uns metros do chão e, por baixo delas, toda espécie de imundície e lama onde rastejam porcos, galinhas, cachorros de pêlo sujo, patos marrons. Portas abertas, nenhum movimento. Fumaças nas chaminés. Um cachorro veio me cheirar, latiu, não gosto de cachorros, mas aquele tinha um ar de miséria e fome e uns olhos saltados que senti dó e, enquanto andava, olhava o animal e pisava em poças de água. O administrador. Com botas altas, uma capa surrada. "Bom dia", surpreso, "dando uma volta?" Bateu o chicote nos pés de café. "Não quer não um copo de leite? Tirado na hora, quentinho?" Andamos por um caminho entre o cafezal, descemos uma ladeira, homens à nossa frente, cumprimentavam, olhavam longamente, olhares parados. Um cercado, o telheiro, a vaca sendo ordenhada, leite esguichando no balde, administrador estendeu a caneca ao homem que apertava as tetas e o líquido branco, espumoso, encheu a caneca de lata, ruidosamente. "Se tivesse um pingo de conhaque no fundo, era mais gostoso." Para mim era o mesmo, bebi o leite, quentinho, não era mau, estendi outra vez a caneca: "Cuidado, não bebe muito, o senhor não está acostumado, dá disenteria". Nova caneca, até que era gostosa; o que tinha era fome. Voltamos pelo mesmo caminho, sem dizer nada. Sentei-me na escada da cozinha, administrador sem jeito, me ofereceu uma cadeira, mas ali estava bom, a vista dava para os morros, seis ou sete morros que se estendiam a distância, verdes, terrosos, amarelos, e lá embaixo, no vale, o verde é clarinho. "Que plantações são aquelas?" apontei o verde-claro, dentro do qual os homens eram longas pintas trabalhando. "Arroz." Café quente, cheiroso, fortíssimo, uma fatia de pão, barrado de manteiga amarela, com gosto de leite batido. Achei que devia pedir algo para levar a Camila.

"é preciso
ter força para amar;
o amor
é uma luta que se ganha."

Vestiu a suéter azul por cima da pele, uma calça justa, cabelos despenteados, descalça. O baralho estendido, ela parada. Nenhum ruído. "Me beije." Sentei-me ao seu lado a observar. "Vai acontecer alguma coisa ruim." Os olhos fixos. Depois segurou minhas mãos, "acabei de tirar o ás de espadas. Significa a morte". Sorri. "Verdade, não é brincadeira não. Hoje nada deu certo. Tirei umas cinco vezes. Em nenhuma saiu amor. Só morte e negócios, morte e dinheiro. Dá certo. No primeiro dia que tirei sorte, saiu três vezes o ás de copas: amor, muito amor, todo amor do mundo. Foi o que tivemos estes dias. Estou impressionada, alguma coisa vai acontecer." Suas mãos tremiam. Fui à cozinha, havia um gole de conhaque no fundo da garrafa, coloquei numa xícara. "Tome, para esquentar. E deixa de bobagem! Agora está na hora de voltar!" Bebe de uma vez, apóia a cabeça em mim. "Gosto de você, agora gosto muito, percebi hoje de manhã, quando você saiu e demorou muito." Passa a mão em minha cabeça, "vai se resfriar, por que não se enxugou direito?" Nara canta no volume máximo. Fiquei pensando aquela voz no Djalma, ela fazia show sentada no banquinho, a saia príncipe-de-gales, curtinha, os joelhos bonitos; ela não gostava que reparassem neles. Estendi-me no sofá, a cabeça sobre as pernas de Camila. Tentei sentir seu cheiro, o cheiro de seu sexo. "Pára com essa cabeça, estou tentando fazer uma sorte especial. Esta é difícil." Estava bom; quase como eu sempre quis; nada a me perturbar. Camila era meu pensamento. De repente, parei de pensar nela. Sumiu; diluiu-se na chuva. Bom se fosse assim. Fazer e desfazer. Não a faria desaparecer, ela é boa. Fica sem reclamar. Vai ver que também não quer nada com nada. E eles? Vez ou outra penso neles; muito rapidamente. Teria alguém preocupado comigo neste instante? Era bom que pensassem em mim. Eu penso. Em mim, o tempo todo. Talvez por isso esteja aqui.

"Fico", eu disse. "Eu também", acrescentou ela. Eles se foram. Quilômetros de terra ao nosso redor e árvores e rios, e plantações. Nada a fazer, nem livros ou televisão, ou cinema. Revistas e jornais velhos empilhados na despensa perto da cozinha; a vitrola velha que dá saltos no meio do disco. O barulho da chuva nas telhas, na calha, num telheiro de zinco. Um cheiro de mato, opressor.

– Você gosta mesmo de mim, Camila?

– Por quê?

– Quero saber.

– Gosto.

– Acha que dá certo?

– Acho.

– Amanhã, posso largar de você.

– Então, vou ser feliz até amanhã.

– Mas o que viu em mim?

– Quando gosto não explico, nem procuro explicar.

– Preciso te dizer como me sinto. Pode te parecer esquisito, mas sou eu. Não sei se é medo, ou o que é.

– Medo? Mas o que é que você está dizendo?

– Não é fácil explicar. Sabe? Não me sinto bem com uma pessoa apaixonada por mim. Fico com a sensação de estar metido num cerco, acuado. É como se eu tivesse obrigações. Cuidar de você, pensar em você, viver para você. Eu ficaria então dentro de um compromisso.

– Você quer ser livre para todas as pessoas ao mesmo tempo? – Ela tinha uma expressão surpresa.

– Também não é isso. Acho que é livre para mim que preciso ser!

– Engraçado. Pois eu quero gostar de alguém, para pensar nesse alguém, viver para ele, cuidar dele. Ter um motivo para viver.

– Eu entendo...

– De repente, você vem me dizer coisas. Você não acredita nisso, não pode acreditar. Tenho certeza de que gosta de mim. Tem de gostar.

Sua respiração era forte. Estava no canto do sofá, semideitada nas almofadas. Sair daqui correndo. Correr debaixo da chuva. Ela ergueu as mãos. Chorava. Saiu na varanda ladrilhada. O chão molhado, pingos escorriam nas cadeiras de ferro batido. Olhei em volta, um plano imenso, à minha direita, bem longe, há um clarão pálido, mal percebido através da cortina de água. Outro dia, estávamos no quarto, em cima, perto da janela, e olhávamos o campo que se estendia até atingir a cidade. O clarão da cidade. Devia estar cheio de gente no cinema, nas filas do cinema, no clube. Faz dias que o relógio parou: o grande relógio da sala, uma caixa de meu tamanho, antiga. Uma claridade atrás de mim; o ruído do gerador. Acenderam a luz da varanda. Luz fraca, fria, apavorante. Me fazia mal essa luz acesa. Gritei para que apagassem. Ela continuou. Gritei de novo. Apagaram toda a casa. E ouviu o disco. Alto. No máximo; a voz de Nara: *Quem de dentro de si...* Correr para a chuva; era isso que eu ia fazer e me esqueci. Correr até o telheiro e depois até a pereira do início do pomar. Avancei uns passos. Parei antes de entrar na chuva. Voltei para dentro, comecei a apanhar os jornais espalhados pela sala. Todos abertos nos anúncios de apartamentos. Pegamos um monte no depósito, procuramos os de domingo. Abrimos nas páginas de vende-se e nos imaginávamos naquelas plantas belíssimas anunciadas. Apartamentos de último andar, terraços sobre a cidade; residências ocupando andares inteiros, com quatro quartos, salas, cozinhas, três banheiros; prédios com entradas de mármore, porteiro de uniforme; duplex enormes; todo um mundo nas alturas, um mundo encaixado em paredes de cimento a se erguerem altíssimas, retas, impassíveis. E o disco rodando, devagar.

– Venha me beijar.

O rosto macio. Seus lábios se abriam dentro dos meus. Camila me ama. Segurava suas mãos, soltava, mas elas continuavam, palmas contra palmas, os dedos se entrelaçando.

– Agora tenho medo de ir embora – diz ela.

– Medo?

– Sim, medo. Em São Paulo vai ser diferente. Você não vai ligar para mim.

– Quem disse isso?

– Eu sei. Adivinho.

– Você não disse que seria feliz até o momento em que eu te deixasse? Por que medo?

– É que vou sofrer. Por que não faz força e gosta de mim?

– Não se faz força assim. Tem de acontecer!

– É que você resiste. Não quer gostar de alguém. Por quê?

– Eu não quero?...

– Não quer. Você mesmo disse há pouco que precisava ser livre. Você tenta se recusar e não gostar de mim, como se fosse possível.

– Era melhor quando não falávamos nada.

– Mas não podemos ficar sem dizer nada.

– Podemos. É só querer.

– Me diga uma coisa, o que você pretende da vida?

– Eu? Pretendo? Muita coisa. Viver. Ser alguém. Fazer alguma coisa.

– E o que quer dizer com isso?

– Exatamente o que disse: ser alguém, fazer alguma coisa.

– Por exemplo?...

– Humm... ser um grande jornalista... isso... um grande jornalista!

– Está vendo? Não sabe.

– Não sei?... Olha quem diz!

– Digo o que sei. Tenho olhado para você. Desde o primeiro dia. Talvez antes.

– Antes?

– Sim, antes. Falavam de você. Muito. Toda a turma. Falavam bem, não se preocupe. Acham você um grande cara. Tem muito talento.

— Dizem isso, é?

— Você sabe que dizem. Você constrói as coisas para que eles pensem o que você quer.

Por isso elas perdem. Ficam olhando a gente. E analisam. Acham que devem fazer isso. Ela finge mais do que eu, muito mais. Sei disso, mas não é preciso falar. Não é necessário que Camila me diga o que se passa. Eu representei para eles o tempo todo. Fica engraçado a coisa assim mostrada friamente, como um peixe num prato. Principalmente se não pedi peixe. No entanto, é o que todo mundo faz. O peixe tem gosto podre. Eu devia ter raiva de Camila agora. E não sinto nada por dentro. Penso apenas nos outros que se foram: é constante, dia e noite. Eu me perdi num mundo de palavras. Estão fazendo o mundo confuso para mim; propositadamente. É como se me perseguissem; e não há um recanto para se ficar, ou alguém para se ter ao lado. Camila podia ter sido. Não é.

— Vamos voltar. Imediatamente — ela diz.

— Não. Vou esperar mais.

— Mais o quê? Não há mais nada a se esperar.

— Tem. E muito.

— Olha. Tem uma coisa que você ainda não me disse.

— O quê?

— O que fez para pensar que devia fugir. Como os outros, os que tinham uma razão.

— Tinha uma lista. Assinei. Era para a legalização do PC.

— Assinou por quê?

— Todo mundo assinava, eu também achei que o Partido devia ser legalizado.

– Por quê?

– Porque devia!

– Você não tem vergonha?

– Vergonha?

– Isso. Lá estava se importando com o Partido ou não? Nem sabia que existia.

– Então, sua bobinha, por que assinei?

– Alguém pediu, você estava numa mesa do Gigetto, todo mundo assinava, você também. Mas ficou com medo.

– Que medo? Você é uma bosta analisando as pessoas.

– Sou? Acerto! Isso é o que você quer dizer.

– Sabe o que está acontecendo? É esta casa. Precisamos ir embora.

– Resolveu?

– Resolvi.

– E se houver perigo?

– Enfrento!

– Sempre mentindo. Ponha na cabeça que não quer enfrentar nada. Você podia ter apanhado a mala e ter ficado passeando em frente ao Dops que ninguém te dava a mínima. Vai enfrentar o quê?

– Você vai ver quando voltarmos.

– Vou ver o quê?

– Vamos voltar.

– Você não foge de nada. Só disse isso porque acreditava que eu precisava de argumentos fortes, de motivos que fizessem de você um homem. Esse era bom. Fugir do golpe, estar sendo procurado.

– Então você não sabe? Foram duas vezes a minha casa!

– Mentira. Você acha que foram. Ficou apavorado, como muita gente que conheço. Gente que não tinha nada com a história. Mas ficava bom dar uma de estar se mandando, por ter o Dops no encalço. Meio heróico isso. Ficava bem. Era ter uma posição de destaque no meio esquerdista. Estamos aqui. Não como mortos. Mas como bobos. Não faz mais sentido.

– Como não faz sentido? Eles estão nos esperando.

– Uma ova! Eles têm mais o que fazer do que nos esperar.

– Mas estão.

– Claro. Assim que desembarcarmos na Luz, doze regimentos vão te prender.

– Sabe? Vai à merda!

– O grande conspirador escondido. Volta para São Paulo e os golpistas estarão tranqüilos. Você preso e o regime deles salvo.

– Vai à merda.

– Pode xingar, que não adianta. Você vai ouvir. Não há outra coisa senão ouvir. Se quiser, vai para outra sala, dê um passeio aí fora. Mas, pelo amor de Deus, acabe com essa mania de grandeza. Vamos embora.

– Não é mania de grandeza!

– Então é cagaço.

Cagaço. Talvez seja isto. Tudo foi tão de repente que eu não sabia o que fazer. Procurava os outros e não achava ninguém. Queria conversar e discutir e só via caras de medo. Era receio até de falar ao telefone. E a cidade parecia estranha. Eu posso admitir que tenho medo de voltar. Pode ser que esteja torcendo as coisas. Pode ser ainda raiva por não ter feito nada. Não acreditava em nenhuma das coisas que fiz. Não acreditava o suficiente para elas se transformarem num motivo. Acreditar faz do objeto um bloco concreto. O medo era isso. Eu devia sofrer por algo em que nem sequer tinha acreditado. Olhava Camila. Ela não era mais a intelectualidade da faculdade. Era bacaninha. Se a gente acredita numa coisa, ela se torna verdade. Se eu acreditar no que Camila diz, ela se transformará em verdade. Acho que ela tomou bolinha. Se eu mesmo tivesse descoberto estas coisas, elas não teriam o ar que assumiram. O peixe podre. Se estou sozinho com uma coisa, posso escondê-la. Não sei quanto tempo. Estou frente a ela. Ninguém pode me salvar. Não tenho forças para isso. Minhas forças eram de mentira, de papel pintado; eram protegidas. Me sinto como um soldado prisioneiro do inimigo; seu exército deixou de existir, suas leis não valem, sua proteção desapareceu: ele não pode reagir. Estou único.

"quem de dentro de si não sai,
vai morrer sem amar ninguém"

Camila parecia perdida entre as cartas do baralho. A princípio tinha um brilho nos olhos. Ou eu julgava que tinha, quando estendia o maço sobre a mesa e, com um toque leve e rápido, fazia as cartas correrem umas sobre as outras, formando um caracol. E as costas azuis do baralho eram manchadas de bebida ou suor das mãos, ou sujeira de mesas ou ainda da gaveta onde o achamos, depois de procurar pela casa inteira. Ela tirava sorte, jogava paciência, e tinha sempre a mesma expressão e estava a murmurar frases, muito baixinho. Também pode ser que apenas movimentasse os lábios num tique sem qualquer significação. Mesmo que eu gritasse ou quebrasse coisas, ela ergueria os olhos, sendo esse o seu modo de indagar. E, ao me ver gritar e quebrar, voltaria às cartas, e ao murmúrio imperceptível, sem pensar que eu pudesse estar louco ou doente. Seus dedos finos puxavam a carta. Olhava fixamente os números e naipes. E os dedos voltavam a fechar o maço. Embaralhavam com agilidade. Outra vez colocando-o sobre a mesa, o toque leve, murmurando. Podia ficar a tarde inteira olhando-a. Os dois, rodeados apenas pelo barulho da chuva batendo no telhado, caindo pelas calhas, respingando nas janelas. A chuva que formava uma cortina espessa e não me deixava ver a cerca distante cinqüenta metros desta casa. Cortina opaca, intransponível. A chuva crescia e diminuía, em certas horas. Quando crescia, as calhas não continham a água que caía sobre o telhado, ela se avolumava e rolava pelos beirais, livre dos canos, caindo aos borbotões em toda a extensão das paredes. E, então, o mundo se fechava. E, às vezes, fechava mais, porque nos aproximávamos da janela e nossas respirações quentes embaciavam o vidro, tornando-o ensombrado. Camila desenhava seu nome na superfície do vapor. E corríamos a respirar forte perto de todas as janelas, até que toda a sala mergulhava numa claridade cinza-escuro, que não era dia, ou noite, ou crepúsculo, ou madrugada, mas um tempo nosso, feito por nós. Fizemos isto alguns dias, e ela se cansou, mesmo porque, dizia, ficar na sala lhe dava uma sensação de sufocamento. Então, corria pela casa toda, para baixo e para cima, por todos os cômodos, a abrir portas e janelas, por onde entrava água e vento, gelando tudo. E eu fechando. Seu giro era invariável, pelos mesmos cômodos, terminando na cozinha ladrilhada em vermelho, cheia de azulejos brancos. Uma cozinha que me dava impressão de hospital, com seus armários brancos, seu fogão, sua pia, a mesa ao centro, a geladeira.

Agora, quase não nos falamos mais; não é necessário.

Ontem o administrador bateu, trazia um bule com café quente, bolinhos fritos que sua mulher tinha feito para nós. Sentou-se ali na sala mesmo, Camila apanhou uma xícara, ele tomou uns goles, esperando conversa, que não veio, os três olhando, até que Camila achou o bolo uma coisa horrível, ele se desculpou, alguma coisa devia ter acontecido, porque sua mulher era excelente cozinheira. E se foi, pedindo desculpas. E mal ele saiu nos atiramos aos bolos, comemos tudo, bebemos o café. E ela se estendeu no sofá, rindo, e pedindo para que pusesse música, a mesma música de Nara Leão.

"porque são tantas coisas azuis;
há tão grandes promessas de luz;
tanto amor para amar que a gente nem sabe"

Vem tudo para ali. Nada escapa. Começa e termina nesse monte de carne macio. A cabeça encostada ao ventre de Camila, olho para baixo. Suas mãos acariciam meus cabelos e me empurram. Mais uma vez. E não diz nada. Quando fomos para a cama, hoje de madrugada, veio toda esta vontade. Como se fosse a final. E tivéssemos muito a descarregar ainda para dentro do outro. Nunca me senti tão próximo dela. Agora é noite e continuamos. Existe somente isso, nada mais do que isso, assim, Deus me ajude. Um juramento. Se num momento todos os homens do mundo estivessem nesta mesma posição, junto à carne de suas mulheres, olhando para baixo (ou lá embaixo), olhando as coxas brancas e lisas. Se houvesse um momento geral de orgasmo imenso, em que cessassem todas as guerras, lutas, brigas, rivalidades, ódios e meios amores. Mas não posso pensar somente nisto, ou apenas em mim. Há alguma coisa mais. As coisas que mudaram Bernardo subitamente e que não sei o que são. Alguma coisa pelos outros que faz a gente feliz em lutar e se preocupar por elas. É o muro. Por dentro de mim; eu o construí e não sei como sair. Minha vida escorre e descubro que não sou homem ainda. Estou no aprendizado. Não vai ser fácil, mas vou conseguir. As coxas brancas se abrem e estou entre elas.

"eu perguntei ao mal-me-quer
se meu bem ainda me quer,
e ele me respondeu que não".

Vamos pela estrada barrenta, sacolejados na camioneta desconjuntada que patina nas subidas. Alguma coisa aconteceu no asfalto, a placa indicava este desvio que encomprida o caminho para a cidade. O céu é de um branco leitoso. O administrador parece aliviado com a nossa retirada. Ligou o rádio, fica a escutar noticiário. As casas começam, poucas, paredes sujas até meia altura, depois entramos no calçamento, passamos por uma igreja azul, entramos numa avenida larga, com lâmpadas claras de mercúrio.

– Direto para a estação?

– Vamos. Não sei que hora é o trem.

Uma estação comprida, o bilheteiro desanimado, fumando cigarro molhado de saliva. Trem somente às onze e meia, temos mais de três horas, peço ao administrador para nos deixar num bar qualquer. A camioneta é sozinha na rua ladeada de árvores, as calçadas parecem lavadas. Ficamos num restaurante, o administrador não quis aceitar dinheiro nem beber uma cerveja, saiu desejando boa viagem. Uma sala velha, meia dúzia de mesas, a janela aberta, além da janela um pequeno pátio, o ar fresco entrando. Mais para a frente a rua deserta. O garçom, o mesmo ar desalentado do bilheteiro, traz pão. Um guardanapo sujo dependurado no braço.

– Que dia é hoje?

– Do mês?

– Não, da semana.

– Segunda.

Olha-nos com ar curioso. Pedimos baurus e mistos-quentes, tomando vodca e laranjada. Camila não diz nada. Tomou quatro vodcas.

– Garçom.

Ele corre, não há mais nenhum freguês. Não fôssemos nós, isto ia fechar bem cedo hoje.

– Que horas são?

Vai à outra sala consultar algum relógio, volta.

– Quinze para as dez.

– Obrigado. Olha aqui. Você pode nos avisar quando for onze horas?

Continuamos bebendo. O vento sacode folhas nas árvores. Contamos as pessoas que passam. Duas em mais de meia hora. Outra vodca. Camila resolve mudar para o gim.

– Será que a gente acha leito?

– Não sei. Deve ser difícil. Assim na última hora?

– Você pode dar uma gorjeta ao homem do carro.

– Vou tentar.

– Queria ir dormindo. Vamos chegar somente de manhãzinha.

Um calor agradável, apitos de trem ao longe.

– Será o nosso?

– Cedo ainda.

– Vamos andar um pouco?

Casas iguais; portas de aço fechadas; ar úmido e o ventinho frio; pessoas apressadas e sem pressa; poucas pessoas; gotas de água caindo dos fios; a ponte sobre um riacho; uma ladeira molhada; água correndo pelo meio-fio; venezianas com luz atrás; um bar vazio.

– Você era capaz de ficar vivendo aqui?

– Por que pergunta isso?

– Não sei. Estive pensando.

– De jeito nenhum. Fazendo o quê?

– Qualquer coisa. Trabalhando como leiteiro.

– Ora!

E a garoa fina, apressamos o passo, a água aperta. Subimos correndo os degraus da estação. Meia hora mais e o trem passa. O vento traz a chuva para a plataforma coberta. A água contra as luzes amarelas. Vejo a poeira fina, brilhante, leve, girando, descendo sobre bancos, pedras, trilhos. Camila vê os avisos desbotados nos quadros. Então o medo todo surge. Sei, porque é uma contração na barriga e nos intestinos. Fico mole. O farol da locomotiva atravessa a plataforma, projeta-se na frente. Tenho de tomar este trem e ir ao encontro do que não sei.

Trechos intercalados entre episódios retirados das músicas "Berimbau", de Baden Powell e Vinicius de Morais; "Vou por Aí", de Baden e Aloísio de Oliveira; "Maria Moita", de Carlos Lira e Vinicius; "Consolação", de Baden e Vinicius; "Marcha da Quarta-Feira de Cinzas", de Lira e Vinicius; "O Morro – Feio Não é Bonito", de Lira e G. Guarnieri; "Opinião", de Zé Kéti; "Mal-me-quer", de Cristóvão de Alencar e Newton Teixeira.

Pega ele, Silêncio

Às duas da tarde Zé Luís começou a se preocupar. A irmã passava o roupão. Do cetim liso e verde subia vapor. "Num vai dá tempo, isso num enxuga. Dexa que peço emprestado o do Neco." A irmã sacudiu a cabeça e sorriu. Dentes brancos de mulata e cabelo pixaim. O ferro de passar era leve na sua mão. Ela trabalhava banhada pela luz amarela da lâmpada fraca. Único bico de luz na casa. Zé Luís olhou a janela. "Com esse barrero num dá pra descê até a estação. É água que num acaba mais." A irmã colocou o roupão num cabide. Levou para a cozinha. Pendurou num arame que atravessava o cômodo do fogão à porta dos fundos. "Fica sussegado e vê se vai descansá que até seis hora tem muito tempo. Essa pancada passa logo. Se num passá eu vô buscá um táxi que hoje vale a pena." O pai dormia. A mãe tinha saído para visitar a tia. "Logo você num vai precisá de trabalhá pressa gente lá de baxo. Te compro umas ropa. Você fica comigo e cuida de mim até o dia que eu casá. Que nem o Éder que leva a mulher, o filho e a mãe prus Estadosunido e presses lugar onde vai lutá."

De manhã Zé Luís descera o morro. A rua estava cheia de poças. Passou no campinho de futebol alagado. Viu um preto velho encostado a uma das traves do gol. Ele começou um acelerado curto e exercícios de respiração. Aspirava e soltava o ar pela boca. Estava ótimo seu nariz. O ar vinha com cheiro de mato e parecia limpar tudo por dentro. Desde criança conhecia os morros e caminhos de Francisco Morato. O Kedis batia firme na grama e na terra pisada que às vezes era sólida. Às vezes barro liso. Parou um pouco. Fez sombra. Ensaiou mudança de guarda. Achou que era melhor se fechar sempre com a direita. Por causa do fígado. Voltou em acelerado. O velho continuava encostado ao gol. Subiu a ladeira. O céu estava escuro. Foi ao poço e viu a mãe lavando o roupão. Tirou água. A velha bateu o roupão na tábua do tanque. Torceu e estendeu no varal. Foi para a cozinha e Zé Luís estava olhando o mingau de aveia ainda no fogo. Ela mexeu. Zé Luís falava tão pouco quanto a mãe. Menos que o pai – sempre silencioso. Depois que ele começara a lutar o pai ficara mais carrancudo ainda. Nunca disse palavra a não ser quando Zé Luís abandonara o emprego na General Motors. O pai não gostara: "Lugar de operário é na fábrica, não com essa corja". Zé Luís respondeu: "Escuta, pai. Se eu fô campeão como o Éder Jofre vô ganhá muito dinheiro e num ficamo nessa casa nem nesse morro desgraçado. A gente se muda pra São Paulo. Vai prum bairro melhor como a Casa Verde". E o velho: "Corja! esse negócio de botá a cara proutro batê num é emprego. Tudo malandro. Olha o Picada!". Zé Luís olhava o pai. O velho fora ferroviário, depois se aposentara e continuava a trabalhar na fábrica de cimento em Perus. Duas semanas atrás o pai viera chamá-lo às cinco e meia. Zé Luís escutou a água que batia no telhado. Era janeiro e as chuvas não paravam. Aí disse:

– Num vô.

– Num vai? Por quê?

– Dexei o emprego.

O velho não disse nada. Zé Luís não via seu rosto. Mas sabia que ele esperava. Há anos se acostumara ao velho entrando na sala onde dormia no sofá-cama destrambelhado. Levantava-se. Os dois iam para a cozinha. Preparavam café. Depois desciam para a estação e esperavam o subúrbio das seis e quinze. Não se falavam. Tudo estava bem e o pai dispensava falar. Zé Luís tinha o mesmo jeito. Duas semanas atrás o velho falara. E esperava a resposta.

– Num vale a pena me matá nisso, pai. Lutando ganho mais.

– Por que isso, Silêncio?

Era a primeira vez que o tratava pelo apelido. Antes ele dizia Zé Luís ou não dizia nada.

– Porque depois que venci quatro luta neste último tempo acharam lá na Academia que tenho tudo pra sê campeão.

– E daí?

– Eu quero sê. Já pensô, pai? Eu ganhando dinheiro? Um monte?

– Isso num é emprego. Num é seguro.

– Num vô ficá polindo porta de geladeira a vida inteira, pai.

– Cada um sabe o número que calça. Agora faz força pra ser bom. Num fica aí coesse Picada. Nem com Tonhão.

– O senhor vai vê, pai.

O mingau de aveia fumegava. "Tá na Lua, Silêncio?" A mãe despejou no prato fundo. Trouxe pão e manteiga, colocou o bule de café. "Comprei manteiga ontem que é pra você comê bem." A manteiga era margarina. Zé Luís disse: "Chama a irmã pra comê com a gente. E o pai?.

– Ele foi ao jogo de bocha. Depois vai trazê os jornal.

– Jornal? Pra que jornal?

– Seu Pedro do bar disse que saiu teu nome nos programa e que na *Gazeta* tem fotografia.

– Qué dizê que agora a senhora acredita que a luta é importante?

– Pra mim num interessa se é importante ou não. Num gosto de te vê quando você volta pra casa machucado. De olho fechado e sentindo dor no fígado.

– Falá nisso, mãe, tem uma coisa que vô pedi. Num fica aí já preparando essas compressa. Dá um azar danado.

A irmã preparou o almoço na base da salada. Tomates. Sopa de grão-de-bico. Feijão branco. Zé Luís bebeu leite. A mãe queria comprar carne, ele não deixou. "A senhora num sabe que o Éder não come carne? É tudo na base de salada e tal. Pois já vô me preparando." O pai disse que na bocha todo mundo tinha falado da luta.

– O pessoal tava tão entusiasmado que até fiquei alegre. Eles acha que você pode sê a glória de Francisco Morato.

– O Picada também já foi e deu no que deu.

– Ele era sozinho, desorientado. Metido a malandro. Sou diferente dele. Eu vô. A senhora vai vê.

– Em todo caso fico rezando.

– Isso, mãe! Reza que hoje trago cem mil para casa.

Às cinco horas a irmã passou outra vez o roupão. Dobrou e colocou na maleta do Zé Luís. Ele tomou um copo de leite. Não chovia mas o céu estava carregado e lá embaixo tinham acendido as luzes. A irmã seguiu Zé Luís até o portão com olhar admirado.

– Te cuida que a gente taqui torcendo.

– Leva a mãe ao bar que hoje ela qué vê.

– Tá! Olha! Te cuida.

– E o pai? Será que vai vê?

– Vai. Diz que num vai mas dexa por minha conta.

A irmã beijou Zé Luís e ficou olhando enquanto ele descia a rua. Mulato firme. De pele lisa e lustrosa. Sem pêlos no corpo e o braço forte. A irmã tinha visto muito lutador e não gostava dos narizes chatos e nem daquele olhar para lado nenhum. O irmão não tinha a cara amassada porque sabia se cuidar. Não era como o Picada que lutava quase toda semana e estava arrebentado. Sempre com o olho inchado e o rosto cheio de marcas roxas e os lábios partidos. Fumava maconha. Todo mundo sabia. Há mais de seis meses não ganhava uma luta. Zé Luís não gostava dele. Às vezes dava dinheiro ao negrinho porque se sentia estranho diante do outro que fora o ídolo de Francisco Morato poucos anos atrás. Lutava bem e as pessoas que entendiam diziam que ia longe. Zé Luís derrubara Picada no terceiro assalto por nocaute na sua primeira luta como profissional no Canal 9. Daí para a frente as pessoas passaram a admirar Zé Luís que não perdeu uma. Lutava de quinze em quinze dias. Treinava na Wilson Russo todas as tardes depois de sair do emprego.

Zé Luís passou no bar procurando Neco e Tonhão. A televisão estava ligada e tinha muita gente se arranjando pelas mesas, bebendo cerveja e cachaça pura e caracu. Pedro – o dono – fechou a mão e ergueu o polegar: "Bate firme que o branco é campeão mas num é de nada!". O pessoal nas mesas sorria para Zé Luís que acenou num gesto para todo mundo. "Boa sorte, meninão, que a gente taqui pra vê o branco dormi logo." Neco começara a lutar porque Zé Luís colocara em sua cabeça o negócio. Sujeito dobrado que carregava sacos na Santos–Jundiaí. Começara também como pena, mas ainda era fraco. Galasso dizia que se ele treinasse firme e fizesse tratamento do estômago e acabasse com os gases ninguém bateria nele no ringue. Neco ia ser-

113

vir de segundo para Silêncio. Caminharam até a estação e Zé Luís sentiu a expectativa da gente que passava e desejava boa sorte. Na estação olhou sua casa no meio do morro. Antenas de televisão presas a torres magrelas se espalhavam nos telhados. "Eles vão me ver."

As portas do trem prateado se abriram com um ruído de ar. Sobrava lugar. Zé Luís não quis sentar-se nos bancos laterais. Gostava de viajar de frente.

— Aquele branco pega bem! Ele dá rosca no fígado pru cara abri a guarda e então manda no queixo. Já vi umas cinco luta dele. É bravo.

— Mas não agüenta pancada. Por isso qui tem a guarda tão fechada. Eu vô procurá bate rápido e bastante.

— Se ele cai hoje, você vai lutá com Pelezinho que já desafiô o vencedor.

— Depois a gente sai e vai pegá umas mina. Que hoje é dia!

— Sabe duma coisa? Vô mudá pra Academia do Kid Jofre.

— Num tá contente com a sua?

— É que acho que o Kid dá muita sorte.

— Acho que tem mais coisa aí – disse o Tonhão.

— Mais coisa? Que mais coisa?

— Vi o Gino falando com você na Academia. O que era?

— Viu?

— Todo mundo viu.

— O cara me fez uma proposta. Acho que posso ganhá dinheiro. Vai me levá pro Rio e outros lugares. Me garante o mínimo uns cento e vinte mil cruza cada quinze dias.

— Esse italiano é malandrão. Num tá te levando não?

— Num sei. Falei co pessoal. Eles acha que o homem faz as coisa direito. Tem promovido um monte de luta legal.

– Abre o olho.

– Agora vai de qualquer jeito. Até o Katzenelson me pegá um dia.

– Esse só pega os grandão mesmo. Desiste.

– Você vai vê.

Na estação da Luz viram Picada, que gritou: "Luta legal, Silêncio! Estraçalha o figueiredo dele!". Sumiu no Jardim da Luz. "Vai se reuni com malandragem e puxá fumo."

O ponteiro verde luminoso do City Bank marcava sete e dez. Uma fila frente ao cine Marabá. Na esquina o barbudo de sapato furado segurava um cartaz: "AS VICIADAS DO SEXO – Sessões só para homens – Até 21 anos – Nunca você viu um problema tratado com tanto realismo – Sensacionais strip-teases pelas rainhas do nudismo".

– O qu'cê acha?

– Do quê? – perguntou Tonhão.

– Da luta. Será que ganho? Será que o campeão amolece?

– Amolece, negão. Dá duro nele. Trabalha o fígado e o baço. O cara é fraco aí.

– Da estação pra cá vim pensando. E se ele me derruba?

– Num pensa nisso. Pensa só em derrubá ele. Que é? Tá com medo?

– Um poco. Tenho de ganhá.

– Vai. Dexa disso. Vamos vê as mina aí na praça que é pr'ucê se distraí.

Os bancos estavam cheios e casais passeavam. As crianças rodeavam os pipoqueiros. Os carrinhos eram iluminados por lampiões e a luz verde se esparramava em cima das pipocas. Encostaram-se à cerca do parque infantil. A noite desceu completamente sobre a cidade. Soprava um ventinho frio. Bateu uma garoa e parou. Um pregador começou a falar junto ao coreto da praça da República. Tinha gente dormindo pelos bancos. Namorados se agarrando. As luzes da marquise do Cine República piscavam. Zé Luís e Neco olharam os cartazes do James Bond. "Cara legal taí! Esse num perde uma." Depois foram para o Sun Valley – bar em frente à televisão. Neco bebeu Coca-Cola com pinga. Tonhão ficou no rabo-de-galo.

Quando entraram, estavam armando o ringue. As tábuas grossas. Os cobertores estendidos. Depois a lona esticada e o empregado jogando o breu e varrendo. O técnico de som fazendo testes com o microfone. Zé Luís foi se trocar. Estava cheio de gente pelos corredores e no vestiário havia um cheiro de suor e linimento. Ele não disse nada, ouvindo o técnico. O público gritou. Tocaram uma cigarra. Bolinha fez as apresentações. Veio um silêncio, e o gongo. O público voltou a gritar. O massagista passava linimento em suas pernas e lá de fora veio um urro antes do gongo tocar. E o gongo tocou de novo. Contava suas batidas. Depois os lutadores voltaram empatados e o mulatinho sem dentes na frente tinha o supercílio partido. Prestou atenção aos urros do público e percebeu que depois de três gongos eles estavam vaiando. O massagista tinha terminado e Silêncio começou a sentir um caroço na garganta. Onde estava o campeão? Ficou imaginando se teriam dado um vestiário especial para ele por ser branco e campeão. Será que queriam arranjar a luta? Ele não ia topar, ia largar pancada que nem doido.

O branco estendia a mão e Silêncio sorriu. O outro disse: "Firme, negão?". Tinha cara nem simpática nem feia. O olho um pouco fechado. Olhou o braço. Os músculos saltavam mas o peito era meio magro. Zé Luís movimentou o corpo. Fez uma e duas esquivas e ensaiou uma seqüência de socos. Estava bem. O técnico e Neco o levaram para trás do painel onde estava o cartel de lutas, e os relógios e a marcação dos rounds. Estavam vaiando o chinesinho e gritavam: "Fora pasteleiro". O garotão de cabelo à escovinha que lutava pela Força Pública passou todo contorcido. "O chinês largou três golpes baixos. O da Força teve que desistir." E se o branco fosse sujo? Acenderam as luzes do lado público. Zé Luís viu as moças: as duas loiras que sempre estavam na primeira fila. Picada apostava com o espanhol de dente preto. Era proibido mas apostavam fazendo sinais com os dedos. Sabia que Picada estava apostando nele. E toda aquela gente grã-fina que não perdia o boxe. Lá em cima, perto da cabine onde estavam, riam de um velho magro de boina. O velho xingava e eles riam e vaiavam. Bolinha no centro do ringue fez um gesto para que subissem. Deixou o campeão ir na frente. Aplaudiam e gritavam. Zé Luís saiu de trás do painel. Olhou Picada que ergueu o polegar e piscou. As câmaras focalizavam o ringue. O juiz estava num córner. Tranqüilo. Uma cara de avô. "Esse juiz é bom. Já teve em luta minha." Subiu ao ringue e sentiu calor. O caroço da garganta tinha desaparecido. O grupo de moças da primeira fila aplaudia. Silêncio no ringue tinha um jeito tímido e agressivo.

Terminou o comercial. A cigarra tocou atrás do painel. O microfone desceu em frente a Bolinha:

"Atenção

Quarta e última luta do programa:

A televisão Excelsior tem o prazer de apresentar um sensacional encontro dentro do *Boxe no 9*:

Neste córner – à minha esquerda –, pesando 56 quilos e 600 gramas – o técnico é Antônio Rodrigues –, o campeão brasileiro de pesos-pena:

Milton Nascimento.

Neste córner – à minha direita –, pesando 57 quilos e 100 gramas – o técnico é Sebastião Pereira – o desafiante:

José Luís Costa – Silêncio.

Luta programada para oito assaltos de três minutos por um de descanso".

Bolinha desceu do ringue, o juíz chamou os dois ao centro. Eles sorriam um para o outro. O juiz:

"Lutem lealmente. Sem golpes baixos. Não segurem.

E principalmente sem cabeçadas, para não serem desclassificados".

Zé Luís voltou ao seu córner. O pretinho que imitava voz de criança e estava ali todo domingo disse: "Vai, Silêncio! Mata esse branco". E outro – bem na primeira fila – colocou as mãos na boca e gritou: "Pega esse preto e bate até sair pinga". Zé Luís olhou o relógio amarelo-vermelho do painel. O público gritava agora para o campeão: "Come ele no primeiro". O relógio marcava: 0.1.2.3. No zero o gongo bateu. Enfiou o protetor na boca. Virou-se para o meio do ringue. O branco avançou. No centro tocaram as luvas no alto, cumprimentando. Apagaram-se os spots que iluminavam o público. Ficou silêncio um segundo.

1º ASSALTO

Foram rodeando um ao outro da esquerda para a direita acompanhando os movimentos de um relógio. Lentamente. Aproximaram-se e recuaram e repetiram os gestos. O campeão socou o ar experimentando os músculos. Pararam alguns segundos. As cabeças imóveis. Depois as cabeças fizeram ameaços de ir e vir. Balançaram para a direita e esquerda. O campeão entrou para bater. Zé Luís se afastou. Soltou o braço e o campeão desviou a cabeça. Fechou mais a guarda e experimentou outra vez com a esquerda. O murro bateu na luva. Baixou um pouco a direita e tentou encaixar o baço. Encontrou o cotovelo a defender bem. Puxou rápido a mão e fechou a guarda. Estavam parados agora os dois, no canto esquerdo. E se estudaram de novo numa sucessão rápida de golpes curtos e esquivas.

Ou! Acaba o ensaio e começa a luta!

Vai nele!

Pega!

Olha o namoro!

Mata ele!

Quando é que vão brigar?

2º ASSALTO

Tocaram as luvas no alto. Distanciaram um pouco e o branco com a direita na guarda de Silêncio fechada sobre o rosto. Silêncio não sentiu mas foi levado para trás com o impacto. "Ele pega mesmo firme." O branco aproveitou o ligeiro recuo. Entrou e bateu de novo pegando as luvas. Silêncio se afastou outra vez. Via os pés do outro dançando leves. "Tem equilíbrio e vai querer se aproveitar porque o público está gritando prêle." Estava quase junto às cordas e o campeão ia se utilizar da situação. Soltou uma seqüência rapidíssima e Silêncio se torceu na defesa, pegaram todos na luva e cotovelo. O campeão buscou um direto em cima. Silêncio se abaixou e saiu pela direita. O outro se virou e estava contra as cordas. Fechado. "Onde é que vou bater? Esse camarada é do cacete!" O campeão dançou um pouco e saiu das cordas. Silêncio largou o soco no ar.

Tá melhorando!

Mata ele!

Dá uma porpeta na cara dele!

Larga uma no comedouro de lavagens!

Quero ver groselha!

Mata ele!

O público vaiou.

3º ASSALTO

O juiz retardou para enxugar o branco que voltara com o peito molhado. Tocaram as luvas e o branco se fechou. Mas não foi rápido. Zé Luís encaixou no fígado fazendo o outro ir para trás. Avançou antes do branco se recuperar e bateu de novo no fígado e baço. "Essa ele sentiu." Olhou e viu o rosto do branco calmo e imperturbável. Bateu. Encontrou as luvas e bateu outra vez. Resfolegava. Afastou-se e passou a luva pelo nariz. Não respirava bem. O branco entrou, deu dois golpes. Zé Luís se esquivou. Respondeu. Pegou na boca do estômago. Tirou o braço e desceu a direita com toda força, o branco estava com o rosto aberto. Esquivou-se, mas o murro ainda pegou a orelha. Zé Luís queria dar uma seqüência. Estava sem equilíbrio e acertou a posição dos pés. O branco se recompôs e se fechou. Zé Luís entrou. Ele recuou. Rodeou para a esquerda. Zé Luís acompanhou. À procura.

Vai no figo dele!
Assim! Vai!

Pega ele, Silêncio!
Pega!
Vai firme!
Outra no figueiredo!

Mata ele!
Pega! Outra!
Seqüência!
Genial!

Dá no escutador de novela!
Chacoalha a orelha dele!
Vai! Outra no escutador de samba!

O público aplaudiu.

4º ASSALTO

Tocaram as luvas. O campeão se afastou depressa e se fechou. Quando foi para a frente viu Silêncio imóvel. A guarda fechada junto ao queixo e balançando a cabeça. O campeão tentou bater embaixo. Abriu um pouco e Silêncio largou a esquerda. Pegou o nariz. "Esse branco vai perder a cor hoje. Agora é minha vez." Bateu e o campeão se esquivou. Tranqüilo. Não sentia. Silêncio olhou e tentou um cruzado. Encontrou o ar. Afastou-se ligeiramente. Mediu o campeão. Foi ao fígado aberto. Bateu uma e duas vezes. Depois no baço. No quarto soco encontrou a guarda fechada. "Ele tem de sentir." O campeão buscou encaixar embaixo. Silêncio segurou sua mão fechando o braço. Soltou. Ficaram no corpo-a-corpo em golpes curtos. O campeão deu com a cabeça. Silêncio sentiu o nariz ardendo e saiu do corpo. "Se ele quer luta suja, eu já acabo a graça".

Duas velhas se abanam com ventarolas.

Pega ele!

Mata!

Dá um clorofórmio prêle!

No comedouro!

Isso! Em cima! Embaixo, em cima, embaixo!

5º ASSALTO

Tocaram as luvas. Zé Luís largou a direita no baço e o branco recuou. Zé Luís tentou largar outra. O branco segurou o braço e puxou-o para o corpo-a-corpo. Deu uma cabeçada na testa, o juiz advertiu. Veio com uma seqüência, levou Zé Luís às cordas. Começou a bater embaixo e em cima. Zé Luís sentiu. Preparou e saiu com uma seqüência rápida socando sem parar. Batia na luva. Buscava o estômago, o rosto e o queixo. Firme. Descendo o braço com quanta força tinha. Percebendo que o branco tentava recuar e se esquivar e estava sentindo. Mas Zé Luís cansou-se e resfolegava. Passou a luva pelo nariz. O branco estava inteiro. "Desgraçado." Ficaram rodeando um ao outro, apenas se medindo. Sem trocar socos enquanto tomavam fôlego. O branco olhava o relógio: o ponteiro chegando ao três.

Quebra cuele, campeão! Esse negro não é de nada!

Mata ele! Mata agora!

Groselha! Faz sair groselha da cara dele!

Neco pensava: se o Silêncio engole esse cara, vira campeão. Um dia eu luto com Silêncio pra derrubá ele. Que eu sei onde batê pro Silêncio caí. Tão namorando, vão pro jardim! Aí é pra briga!

6º ASSALTO

Tocaram as luvas. Silêncio avançou e cruzou a direita. O campeão esquivou-se. E trocou a guarda. Silêncio recuou. Atrapalhado. Um segundo. Recompôs-se e mandou a esquerda. Alcançou o rosto. Socou de novo. Bateu na luva. Tinha os olhos fixos sobre o outro. As pernas do campeão se moveram rápidas quando a guarda foi mudada outra vez. Ele mandou um *jab* rápido. Fechou-se e ensaiou um cruzado e soltou uma seqüência. Pegou Silêncio e o nariz sangrou. Levou uma pancada no fígado, pois Silêncio acertou no contragolpe. Fígado e baço. Fígado e baço. Viu o campeão resfolegando e o público gritando. "Gritam por mim." Começou a dar em cima. Dar embaixo. Não via onde batia. Então desfechou um direto. O campeão pareceu sentir e dobrou o joelho. Silêncio abriu um pouco para mandar um *upercut*. Com velocidade o campeão se retesou e mandou um cruzado ao queixo de Silêncio. Ele sentiu-se no ar. Caiu e recebeu uma pancada seca atrás da cabeça. Estava escuro e ele abriu os olhos. As luzes do ringue eram altas e cegantes e tudo girava. Ouviu: 7.8. Percebeu que estava deitado e não podia mover um músculo. 9.10. O campeão estava no meio do ringue, o braço erguido pelo juiz.

Pega ele, Silêncio!
Vai, zulu!

Silêncio!
Silêncio!
O público começou a se levantar nas cadeiras. Erguiam-se. E em pouco o auditório inteiro urrava, berrava, torcendo para Zé Luís.

Agora urravam de novo e gritavam e aplaudiam o campeão

Tinham batido nas suas costas ao deixar o ringue. Tinham cumprimentado. Gritavam mesmo: "Boa, Silêncio! Você ainda vai ser campeão". Tonhão e Neco enfiaram as coisas na maleta de lona azul. Zé Luís lavou o rosto e apalpou o queixo dolorido. O olho direito estava bem fechado. Não se lembrava de ter levado pancada ali. Enxugou o suor do peito. A pele melada. Não fazia calor mas ele continuava a suar. E a ouvir o gongo. O grito do público. Cigarras e o ruído mole de luva batendo contra luva e o barulho oco do soco no corpo e no rosto. Vestiu a camisa por cima do suor. Não tinha chuveiro no vestiário. Desceu a escada e encontrou Gino – o promotor – na portaria.

– Eh! ragazzo! Pena. Cosa há fato? Começou bene e dopo nocaute.

– Num deu, né! O cara é bom paca. Bom pegador!

– Ma che? Podia ter amassado quelo. Pena.

– Tá bom! Vamo esperá otra!

– Próxima setimana. Boa luta pra você. Eh! E soldi.

– Quanto?

– Trinta pacote.

– Trinta? Você tinha dito cem.

– Cento. Ma? Lei é caduto. Non posso pagar mesma cosa.

– Por trinta num vô.

– Bô... Então cerca o Katzenelson pra limpar o sapato dele. Che pensa? Che é boxeur? Você é brigador. Eh!

– Trinta é poco.

– Finito, ragazzo. Cerca outro. Non voglio sabere de te. Basta. Non quer, non luta.

– Tá! Vô pensá! Depois te procuro.

– Pensa, pensa. Até quinta-feira. Eh! A luta é fuori. Em Americana.

– Tá. Te procuro quinta.

– Picada esperava na porta e estava sério.

– Porra! essa era sua! Entrô na dele, Silêncio! Largou uma loca e te acertô.

– Acontece.

– E pr'ucê aprendê. Quando ele dobrô o joelho vi que era manha. Num tinha pegado pra senti. Você entrô firme e se abriu.

– Precisa lutá pra se aprendê, né.

– Vem tomá umas coa gente.

– Tá. Vamo lá que tô puto da vida.

– Qué um dos meu? Baseado?

– Bom mesmo?

– Vem na minha. Num vacila. Esquece a luta. Você vai desligá.

– Me dá.

Ignácio de Loyola Brandão

(ARARAQUARA-SP – 1936)

É autor de 31 livros, entre romances, contos, crônicas e viagens. Tornou-se crítico de cinema aos 16 anos em Araraquara, quando soube que crítico não pagava cinema. Pobre, filho de um ferroviário, assim enveredou pelo jornalismo que faz até hoje. Em 1957, muda-se para São Paulo e trabalha no jornal *Última Hora* como repórter. Em 1966 vai para a revista *Cláudia* e segue em frente. Estreou com um livro de contos sobre a noite paulistana, *Depois do sol*. Seu primeiro romance, *Bebel que a cidade comeu*, foi publicado em 1968. Em 1974, é lançado na Itália o romance *Zero*, sua obra mais conhecida. O livro saiu no Brasil no ano seguinte, mas foi censurado em 1976 pelo Ministério da Justiça do governo Geisel. A obra só seria liberada em 1979. Nesse mesmo ano, Loyola abandonou o jornalismo para se dedicar exclusivamente à literatura. O retorno às redações se daria em 1990, quando assumiu a direção da revista *Vogue* e passou a escrever crônicas para o jornal *Folha da Tarde*. Em 1993, passa a colaborar semanalmente no jornal *O Estado de S. Paulo*. Em 1996, submete-se a uma cirurgia para a clipagem de um aneurisma cerebral e registrou essa experiência no livro *Veia bailarina* (1997), um best-seller. Seu livro infantil *O menino que vendia palavras* recebeu o Prêmio Fundação Biblioteca Nacional como o melhor de 2007 na categoria. A obra de Loyola apresenta como temas centrais a ditadura militar e o exílio, faz uma crítica amarga da sociedade brasileira, passa pela utopia em relação ao meio ambiente, menciona o amor e a solidão, a sexualidade. Em suas crônicas, são freqüentes as referências à infância em Araraquara, aos colegas de geração e ao cotidiano da cidade de São Paulo, com seus personagens anônimos.

Obras do Autor

Depois do sol, contos, 1965
Bebel que a cidade comeu, romance, 1968
Pega ele, silêncio, contos, 1969
Zero, romance, 1975
Dentes ao sol, romance, 1976
Cadeiras proibidas, contos, 1976
Cães danados, infantil, 1977
Cuba de Fidel, viagem, 1978
Não verás país nenhum, romance, 1981
Cabeças de segunda-feira, contos, 1983
O verde violentou o muro, viagem, 1984
Manifesto verde, cartilha ecológica, 1985
O beijo não vem da boca, romance, 1986
A noite inclinada, romance, 1987 (novo título de *O ganhador*)
O homem do furo na mão, contos, 1987
A rua de nomes no ar, crônicas/contos, 1988
O homem que espalhou o deserto, infantil, 1989
O menino que não teve medo do medo, infantil, 1995
O anjo do adeus, romance, 1995
Strip-tease de Gilda, novela, 1995
Veia bailarina, narrativa pessoal, 1997
Sonhando com o demônio, crônicas, 1998
O homem que odiava a segunda-feira, contos, 1999
Melhores contos Ignácio de Loyola Brandão, seleção de Deonísio da Silva, 2001
O anônimo célebre, romance, 2002
Melhores crônicas Ignácio de Loyola Brandão, seleção de Cecilia Almeida Salles, 2004
Cartas, contos (edição bilíngüe), 2005
A última viagem de Borges – uma evocação, teatro, 2005
O segredo da nuvem, infantil, 2006
A altura e a largura do nada, biografia, 2006
O menino que vendia palavras, infantil, 2007
Não verás país nenhum – edição comemorativa 25 anos, romance, 2007

Projetos especiais

Edison, o inventor da lâmpada, biografia, 1974
Onassis, biografia, 1975
Fleming, o descobridor da penicilina, biografia, 1975
Santo Ignácio de Loyola, biografia, 1976
Pólo Brasil, documentário, 1992
Teatro Municipal de São Paulo, documentário, 1993
Olhos de banco, biografia de Avelino A. Vieira, 1993
A luz em êxtase, uma história dos vitrais, documentário, 1994
Itaú, 50 anos, documentário, 1995
Oficina de sonhos, biografia de Américo Emílio Romi, 1996
Addio Bel Campanile: A saga dos Lupo, biografia, 1998
Leite de rosas, 75 anos – Uma história, documentário, 2004
Adams – Sessenta anos de prazer, documentário, 2004
Romiseta, o pequeno notável, documentário, 2005